孟里梦外

高发奎 著

中国华侨出版社
·北京·

图书在版编目（CIP）数据

孟里梦外 / 高发奎著. -- 北京：中国华侨出版社，
2021.1

ISBN 978-7-5113-8277-1

Ⅰ.①孟… Ⅱ.①高… Ⅲ.①散文集—中国—当代
Ⅳ.①I267

中国版本图书馆 CIP 数据核字(2020)第 131546 号

● 孟里梦外

著　　者 / 高发奎
责任编辑 / 高文喆
封面设计 / 雅　文
经　　销 / 新华书店
开　　本 /880 毫米 ×1230 毫米　1/32　印张 /6.5　字数 /160 千字
印　　刷 / 三河市嵩川印刷有限公司
版　　次 /2021 年 1 月第 1 版　2021 年 1 月第 1 次印刷
书　　号 /ISBN 978-7-5113-8277-1
定　　价 /40.00 元

中国华侨出版社　北京市朝阳区西坝河东里 77 号楼底商 5 号
邮　　编 :100028
法律顾问 :陈鹰律师事务所
发 行 部 :(010)64443051　传　真 :(010)64439708
网　　址 :www.oveaschin.com　E-mail:oveaschin@sina.com

如发现印装质量问题,影响阅读,请与印刷厂联系调换。

序

刘亮程说"散文是停下来的艺术,是回望,一字捺一字,一句捺一句。像老农播种,一粒是一粒,不急不慢"。山东邹城的高发奎所写散文的模样却是快速,跳跃,转换,有些让人目不暇接的样子。我看他的《孟里梦外》,真如在山阴道上,眼前景色万花筒般地变幻。《孟里梦外》中文字不管长短,读来不仅没有沉闷之感,更不见俗套的影子,深烙着"高发奎散文"的印记,有着独创的意味。正如他虽然多处说自己是一只青蛙,而且是故乡井底的一只青蛙,可是这只青蛙"从白马河来,从孟子故里来,跳到黄山,跳到屯溪老街,跳到阳湖的稻田里,又跳上稽灵山,跳上黄山林校,跳入新安江,跳入钱塘江,逆流而上,又跳回大京杭,跳回白马河",自由得很,也广阔得很。看来,文无定法,关键是要有所创造,开掘出一道独一无二的河床,去承载自己独一无二的思想与情感。在某种意义上,高发奎做到了。

孟里——孟子故里,高发奎的故乡。故乡,是这些文字的魂。《孟里梦外》不仅有赞美,如对母亲——"母爱是一首饱含浓浓乡愁的山水田园诗!母亲是五月最美的山茶花,风一吹,满院子飘香,满村庄安详,满世界温暖"。还有含着淡淡忧伤的叙述、思念,那些泪水晶莹之中是有咸涩在的。同时,我尤其欣赏发奎对故乡那些事物、那些人物的丰富展现,好的、中性的,甚至缺陷突出的,都一一蕴涵在自己灵动的文字里。当然会有美,那曾经有过

1

的美好,让他魂牵梦萦,"念念不忘,念念不忘白马河上一千零一颗失眠的星星。每一颗星星,都有樱花的影子""数戴胜鸟的叫声最悦耳,它是田野里的精灵。它飞起来,像一只放大镜下的花蝴蝶"。

散文的核心是人、人的情感与渗透着情感的命运。最好的散文,总是与人有关,即使苇岸的《大地上的事情》,也能让人体会出人的爱与命运,因为这些大地上的事情,正是通过作家那双充满着爱与情义的眼睛、通过作家那颗清明而又滚烫的心才形成文字的。在《盂里梦外》这本不长的集子中,竟容纳着这么多故乡的人物,喜剧的或悲剧的,特别是那些女性,有的只是露一下面就不见了,也会给人留下印象。在发奎的心中,一定藏着一个有关女子的情结,那种爱的亲近,亲近中的羞怯,外冷内热的紧张,都会引起人或深或浅的感动。"我喜欢水,我喜欢看水,我喜欢看水流动的样子,我喜欢看她的影子在水里的样子,我喜欢她纤巧的手在水上拨动琴弦的样子,我喜欢晨曦的薄雾笼罩她的样子",朦胧着又真实着,她们也就生动在他的文字里。

发奎并没有走大多人写故乡散文的老路,并不一味地留恋与煽情、忧伤与追忆,他还写了故乡对于自己的束缚、自己对故乡的反思——"高家胡同就像一个牢笼,尽管没有绳索没有栅栏没有高高的墙,我依然被无形的鬼手拽着……以至于我在老城生活了七八年,还误以为被关在高家胡同呢"。想念、回归与挣脱、清醒,再现了一个紧张却又真实的现代人精神与生活的情境。他到底还是"一只自由自在的蛙",而他作为一个诗人的底色,也让他的散文写作,有了想象的空间与文字的华彩。也就有了家乡的天空与世界的天空,天空里常会有不羁的云彩,而发奎自由的心性也便在遥望里，与云彩相通着，甚至为了安静地望云，他期待自己成为一块丑的石头，"这样就可以专心致志地望云了"。

有时，优势又往往与缺失一体。发奎文字快速、跳跃，转换的快节奏，让人就会在某些时候感到开掘不够，甚至浅尝辄止的不足。还有，如果他能够主动清晰地在文字里投射进时代的模样，或许会让这本散文集更加厚重。

虽与发奎交往不多，却喜欢他的文字，也愿意向文友们推荐。所言不足，可能不当，发奎包涵。

是为序。

李木生

2019.5.23

草成于济宁方圆垦荒斋

目　录

1

母亲的叙事诗

我突然有一种悲恸,关于灵魂,我不知如何安放;关于理想,我不知是否逞强;关于母亲,我不知怎样赞扬……

母亲生活在乡下。

乡下的院子,寂静,宽敞。

母亲是静默的,或许她偏爱安静。空荡荡的院子里,母亲挑着黄豆,时不时地往大门外眺望,然而胡同里空空的。一切都那么静默,如暴雪掩埋后的村庄。成百上千的梧桐花如小小的喇叭,经不起大地的诱惑,纷纷落地。风吹的声音,极小;花落的声音,极轻。母亲竟然忽略了这人间的仙境,这颇有诗意的晨景。她,心不在焉的样子,让我有点心疼。

母亲有两个儿子,这是让她骄傲的资本,也是让她犯愁的缘由。胡同里的七八户人家,几乎家家一个闺女一个小子。我的名字,听说是一个抗美援朝的老兵给取的。奎,二十八宿之一。那时的人们都渴望摆脱愚昧无知的状态,向往美好的生活。我的父母,也不例外。尽管父母"斗大的字不识一升"。但是,母亲依然固执地认为,我就是算命先生口口声声地说的"文曲星下凡"。

可是,事与愿违。

很小的时候,验证了"长舌妇"的飞短流长。

小时候,我的的确确笨拙。像个木偶,像个小丑,像个稻草人。胡同里,与我同龄的孩子有三五个。我的确是最差最笨的一个,资质最差。而且,身体羸弱,手无缚鸡之力,这为我成为一个书生埋下了伏笔。也为成为别人的笑柄提供了"包袱"。

母亲从不嫌弃我，尽管我总是给她脸上抹黑。

有一次，也是一个黄昏。我钻进一个小窑洞，手里抓着一把类似调羹的木制品，在黑不溜秋的壁面上胡乱地涂鸦，至于写了些什么，我至今也没有想起来。估计是一些童趣吧。或者是一些初学的字。恐怕不是什么"远大前程"。后来，我居然睡着了。

月亮挂在老槐树上，月光比堂屋的煤油灯光还明亮。亮些吧，亮一些，这样我的外婆就可以为我缝沙包了。她的眼神不是太好，她的脚太小，行动缓慢。对这，我起了好奇心。并非我疑心病太重。听说，好奇害死猫。

后来，外婆的裹脚布被猫衔跑了，我才目睹了她的"小脚"——畸形的足。然而，母亲与姨娘们是幸运的。没有受到非人的折磨，因为思想解放了。我的外公比较开明。他在纪沟村算得上有头有脸的人物，常年"抱大笔"。我的外婆更是了不起，她曾经救过一个红军。后来，人家从北京来报答她，却被外婆拒绝了。

"救人一命胜过七级浮屠。"好像外婆信佛似的。

听母亲说，她是故意地言辞。每一个人，都有遗憾。遗憾或许是一种美。

母亲说她唯一的遗憾就是，"一辈子，睁眼瞎"。

母亲的兄弟姐妹多，上有哥哥姐姐，下有弟弟妹妹。阴差阳错，她居然只读了一年级，而且还是上学期。

她只有把希望寄托在孩子的身上。幸好她有两个儿子，一个我，一个弟。我笨，好像属猪的。弟聪明，似乎属狗的。我有猪八戒的脑子，却想成就孙悟空的本领。我拿一根麻秆，当成了金箍棒，我要斩妖除魔。痴迷了一些时日。若不是母亲给我当头棒喝，我已经堕落成一个"劫富济贫"的好汉了。

其实，我是好奇。对未知的一切，都想探个究竟。

那晚的月亮，甚好。母亲把我拉了出来，我趁机给她抹黑了脸。后来，她才知道，我在佯装熟睡。她依然开心，因为她的傻儿子——脑子终于开窍了，生活除了傻，还有涂鸦。

其实，窑洞就是摊煎饼前垒起来的鏊子窝。

平素里，阳光洒下来，我会选择用簸箕去接。麻雀飞下来，偷食院子里遗落的豆子，我非但不赶走它们，甚至更加小心翼翼，我怕惊吓它们，我怕我难得的"南北对话"或者"东西和谈"会转瞬即逝。我站的位置是院子的最中央。我像一个统帅，接受四面八方的恭贺。不过我更像一个木偶！

怪不得发小说我，"傻驴！"

尽管说我的那个发小，已经去找马克思报到了。当然我也会去的，只是要再等等，我还有好多事没有做，我还没有给我的母亲写一首长长的叙事诗呢。

灵魂出窍，对于我，总是迟一步。

每一个人，原本都有一个高贵的灵魂，就像我们的初心。走着走着，丢了；或者走着走着，散了；或者走着走着，还在……

"走吧，走吧。"母亲劝我。

"父母在，不远行。"古人云，我记得。

从名落孙山，到榜上有名，经历了三个年头，其中滋味，曹雪芹未必不能体会。不是差两分，就是缺五分，"上帝"给我开了个不大不小的玩笑，却收获了一个美丽的"天使"。是祸还是福，我不争不辩。

你来或不来，反正我在那里；你爱或不爱，反正心在那里。看，怎么看？一颗红心，两手准备。不同的年代，不同的叙事诗，我为母亲写一首叙事诗。

母亲不愿意离开老家。

谁也没有料到，胡同里最笨的那个"傻瓜"，摇身一变成了一个"绅士"。谁也不会想到，一个跌入万丈深渊的"木偶"，居然起死回生，甚至"风生水起"。

母亲又泼了我一盆冷水，"才进城几天啊？……"

后面的话，被我省略了。

母爱深似海！

母爱是一首饱含浓浓乡愁的山水田园诗!

母亲是五月最美的山茶花。

风一吹,满院子飘香——满村庄安详——满世界温暖……

母亲啊,我给你写的叙事诗,你收到了吗?想到你还在家乡,我的心,禁不住又悲凉起来。

打碗碗花

我为她哭泣,看田野里的打碗碗花怎么盛满阳光……

我向她致敬,听麦地里的抽穗的风声……

晚春的一天,我的头莫名其妙地疼,那种撕心裂肺的痛,恐怕只有曹孟德深知其中滋味。幸运的是,他遇见了华佗;不幸的是,他的疑心病太重,犯下不可挽回的错误,不可饶恕的罪过。一代神医毁在他的手里。更不幸的是,我没有遇见神医。

头痛病,一直纠缠着我。好比小三扶正了,原配甘拜下风了,大脑小脑统统缴械投降,任由它摆布。病,有时候真的是一种魔。病魔,消磨你的意志,侵袭你的思想,损伤你的元气,驱逐你的灵魂。

我的心,一点一点地被俘虏,甚至被完完全全地征服。如行尸走肉一般,如晚清抽大烟的"穷鬼",如民国乱坟岗的"饿殍",如此下去——我将不我,我该如何是好?

幸好遇见了她。

那时候是初夏。乡下的空气异常地新鲜,那时候还没有高高的烟囱,还没有长长的铁轨,还没有薄薄的白色塑料袋,还没有狼子野心,没有狼烟滚滚。那时候,真好,真干净,无忧无虑,空空如也。

至今,我也不知道她的名字。

如今,我才知道它的名字。

她喜欢的它,小小的花。

我比较笨。而且脑子有问题,江湖郎中也说不出之乎者也。赤脚医生更是束手无策。我的记忆力,极差。早上的事,下午就记不起了。下午的约定,到了晚上也想不起来。母亲让我去打酱油,往往打

一瓶醋回家。父亲让我去买"大前门",往往捎回来一袋盐。惹得拉拉秧大婶笑掉了大牙。搞得白芷的奶奶呛了一口槐槐芽咸汤。开代销点的三嫂知道我家穷,总是权衡之后,哪个便宜便给我拿哪个。好像她总是配合我的笨拙而演出。好像,大家需要笑一笑,我就成了笑料——一个小小的包袱。绷得太紧,弦会断。反正,胡同里多了笑声。

笑声会传染,大街也跟着一起摇摆,一起快乐,一起笑。整个村子,洋溢着喜气,喜气洋洋。

可是我压抑得很。我冤,我蠢。风那么大也没有闪了拉拉秧的舌头,猪尾巴那么香也堵不住拉拉秧的快嘴。

拉拉秧在我们白马河村,并没有地位,也是一个可怜虫。在我的笔下,不过一个小人物罢了。尽管她一个劲地往上爬,却始终没有如愿以偿。像一只臭椿树上的蚂蚁——爬上爬下。

起初,我并不怎么讨厌她。只是因为她也是弱者,属于我的拯救范畴。小时候,我有一个伟大的梦想:拯救一切弱者。像极了堂吉诃德。一手持矛,一手持盾,与巨人作战,尽管他只是一个大风车。那又如何?行侠仗义,谁也不能阻挡我。

一个胡同就是一个战场,一个行侠仗义的江湖。

不过,别人是看不出的。

望云

　　故乡就像一口深邃的井,小小的我好像一只青蛙。

　　我喜欢坐井观天。我独爱望云。

　　天空像一面镜子,高高地悬着。有鸟掠过,影子落下来,拨乱我忧郁的眼神;有风穿过,声音飘下来,揪起我支起的耳朵;有云拂过,思想沉下来,偶尔惊起心的涟漪。

　　小时候,我习惯站在老屋的屋脊上,望云。

　　或者站在父亲的双肩上,远远地望,望向比云更远的地方。或者爬上老榆树,撸几串榆钱,像小牛反刍般地想,左思右想,为什么会一贫如洗? 然而,贫贱又不能移。太深奥的道理,我是不懂的。父亲,也不懂,更不问,从不抱怨,尽管贫穷如影随形。贫穷却像一面镜子,折射着父辈的清白;贫穷更像一把鞭子,鞭笞着我辈们好好学习天天向上。甚至,苦苦地坚持,苦苦地支撑,从不言败,绝不放弃。

　　可是,我从小木讷。胡同口的拉拉秧大叔嘲笑我们三个发小,"狗肉上不了桌子——"

　　母亲斗大的字不识一个,也是他瞧不起我的依据。他的眼神像魔鬼一样邪恶。给我徒增了一些恐怖,以至于我有一段时间不敢走夜路。哪怕从胡同口到他家的几步路,我也怯生生的。

　　于是,我的注意力转移了。

　　因为我发现,母亲经常望一会儿天空。然而天空只剩下云了。云,很美;风,很轻。偶尔落下几滴雨,似乎在提醒人们,该收衣服了,或者晾晒的麦子该往缸里收了。我喜欢母亲忙碌的样子,这样,

我们的午餐就会丰盛一点儿。

母亲很瘦,像一棵庄稼地里落下的干瘪棒子。

我爱上了望云。安安静静,多好。哪怕海市蜃楼,我也一如既往。我总是固执地认为,云里住着一个小仙女,而且她在冲我笑。我也笑。我一笑,胡同外的笑声便大起来,肆无忌惮地笑——不知道何时围了一些无所事事的"闲人"。闲久了,多少有了一些仙气。后来才明白,原来他们都是仙人啊!——大仙,各路神仙哩。

其实,云里也住着菩萨。这是我十年后才悟出的。恐怕有的人悟一辈子也悟不出个一二三。我的脑袋极不开窍的,更像一个木偶。从木头人到木偶,不知道是进步了,还是又退了一步。有时,化为一块石头,极丑的那个,更是冥顽不灵!

做石头真好,这样就可以专心致志地望云了。

石头最懂云的心事。

长大了,我像一块小石子被弹出了故乡。

故乡就像一把弹弓,老榆树与老槐树是它的两个支架。乡亲们的脸面是它的皮。我带着一份金榜题名时的荣耀,飞向望了十年的云,翻了几个筋斗,降落在美丽的黄山下的屯溪老街上。

求学,求知,绝不是逍遥游。

因为我从孟子故里来!

站在稽灵山上,我望见了你——故乡的云。月是故乡明,云是故乡亲。我望见了你——母亲。缝缝补补,缝三年补三年,缝缝补补又三年,我的外套像极了百衲衣。我像一个取经人,四处寻找人生的真经。

勤能补拙,但愿。

我从一个木偶变成了另一个木偶,因为遇见了你。

远远地望,盛开的栀子花好比一朵一朵小小的云,袖珍的云。我手里捧着徐志摩的诗集,目不转睛地看。忽然,娉娉婷婷的你走来,两个小酒窝就像两朵栀子花,美得让我目不暇接。一袭洁白的连衣裙,如玉的肌肤,像樱花。又像雪。我的灵魂,飞翔,飞翔,飞翔。

就在我张口结舌面红耳赤地迎接你时,你像一朵云飘然而过。

"得之,我幸;不得,我命。"我继续读我的康桥,不知到底是你香,还是花香。

你是人间四月天,你是风,你是暖,你是梦。

你我不过是过客。马蹄声起,马蹄声落,我从孟子故里来——我总是喜欢强调我的故乡。

我愿做你的马蹄铁,助你自由驰骋……你看,远方的云。比云还远的,还有远方,我们是否以梦为马?

我是母亲放飞的风筝,线在母亲的手里。我是父亲眼里的"书呆子",因为我只会伸手要——他不懂厚积薄发,他不懂养精蓄锐,他不懂火山爆发前的沉默,他不懂我的心中藏有远大理想,他不懂贫贱不能移,似乎他又懂贫贱不能移……以至于他不懂我后来的"风生水起"。

他更不懂我的文学梦。

母亲说:"两肋插得文化。"我不仅仅是一个书呆子,更是一个木偶。我愿意做淳朴村庄的木偶,我愿意做善良人家的孩子。

我钟情于望云。

有时候,我在想:是不是有个地方,也叫望云。躲进小楼成一统吧,我躲在西屋里,博览群书。我读鲁迅先生的散文,如醍醐灌顶。几回回梦里梦见自己抚摸先生刻在课桌上的"早"字,几回回我在一片云一片云地寻找先生,或者酷似先生的先生。几回回我也会仰天长叹,甚至打退堂鼓,甚至想跳"莫愁湖",或者像海子一样卧轨。可是,我没有。一想到云里的那位先生,我的理智就会战胜那不堪一击的悲观。有一天,我会见到他的。

盼望着,盼望着,望云近了。

怎么办?瞧我笨嘴笨舌的!

书上说,勤能补拙。机会永远留给有准备的人。那就废寝忘食吧,书中也有黄金屋,也有颜如玉,还有未圆的梦。或许,遥不可及。遥不可及的还有一颗美丽如水晶的心。

里梦外

愚公可以移山，精卫可以填海，姜太公独钓寒江雪。

我却独爱云，深情地爱，深情地望。

昨日的海市蜃楼，今日已经梦想成真。不知道老家的拉拉秧大叔是否还健在？应该是健谈。听说他的女人成了泼妇，小道消息传得更是不堪入耳——竟然骂她为荡妇了。她就像一块墨玷污了从天而降的云，一个不折不扣的女人居然沦落到让我大跌眼镜的地步，可悲可叹。

更可惜的是乌云密布，引来了狂风暴雨。春夜喜雨今何在？我感到了夏日苦雨。我把我的愁绪写成文字，四处投稿。它们就像一块块小石头，跌落进大海，再也寻不见了。

不见就不见，相见不如怀念——

望云。云卷云舒，登在护驾山上，看。一会儿看你，一会儿看云，你与云之间，我觉着我更像风。飘忽不定。每个人有每个人的选择，每个人有每个人的命运——两个永不交集的铁轨，不也是一道独特的风景吗？

说也奇怪，心中默念的次数多了，就好比梦做得多了，就极其容易梦想成真。

我和先生初次相见，已是去年的事了。然而他的大名，我早已如雷贯耳。一个偶然的机会，他居然去过我的老家。那年他驻村。也是年底，他随调查组到我们村庄搞群众满意度调查，恰巧我家被抽中，不巧我在曲阜，居然无缘与先生相见。他就像一片祥云，飘到我的小家，让我的小院顿时蓬荜生辉。

我是一块小小的石头，埋在土里已经很久很久了。每天都有一种异样敏锐的感觉，身边的花花草草，开了败，败了开，青了黄、黄了青，几番风雨，几度夕阳红，一不小心露出了端倪，长出了翅膀，朝天空飞去——拾起放下的秃笔，写下向上的诗章。

天空中，有一片云，朝我点头，示意。我知道，那是先生在鼓励我再接再厉，让我登上高峰，去看更美的风景，无边的风景。

无论怎样，我都不会忘记故乡的那一抹乡愁，那一片云！！！

梦里花落知多少

雪把雪传染给了雪,然而我的心,徒增了悲伤。

久居乡下,本就潮湿的心,逐渐地发了霉。

这和我住在三间土坯房里没有太大的关系。这与突如其来的春雨的关系不大,流水不腐户枢不蠹,或许这与久居的习惯可以牵扯一些关系吧。不过是牵强附会而已,然而我的身体毕竟赢弱。所以只好休学在家。

我的心跟着空了。只因我情窦初开。花季还是雨季,我记不确切了。我只是隐约地记得,梦开始了。

梦里花开了!

我的梦,比较单薄。如单薄的紫花地丁,突兀地举着瘦瘦的小花,紫色的。我的梦便多了紫色的色彩。

蝴蝶绝不会嫌贫爱富的。它亲吻了花,羡慕的我心悸了一下。嫉妒的我捕捉了它。可是,它挣扎。圈里的羊,看得目瞪口呆,就是不说话,不说一句求饶的话。不说那句放下"屠刀立地成佛"的话。不说那个老夫子的名言——勿以恶小而为之。羡慕之后嫉妒,嫉妒之后只剩恨了。恨不得,恨不得,恨而不得。

本想把蝴蝶做成标本的,可是云不说话。

故乡的云,飘逸。

故乡的风,慷慨。

故乡的野菜,散生在麦地里。初春时分,以荠菜为主。好比"公主",它们就成了大娘大婶大姐嘴里的宠儿。手巧的,包荠菜馅的饺子;手笨的,拌荠菜的凉菜。乡下的大伯大叔大哥,这回可饱了口

福。我还是"王子"呢。居然没有捞到一点儿油水,没有沾一点儿荠菜的光。我是那只坐井观天的青蛙,美其名:"青蛙王子"。

"城中桃李愁风雨,春在溪头荠菜花",荠菜不愧是报春菜。迎春花是最早的报春花。荠菜的花,不同于迎春花的黄色小花。

荠菜,翠绿、鲜嫩、味美、醇香。

我的梦,一下子绿了起来。

立春过后,总有一些城市人来探春。穿着时髦,貂皮的,蹲下去,像小脚女人家的"老黑"。老黑与城里人高价收购的藏獒颇像,又不完全一样。听说,有点渊源。跟在老黑后头的是一个铜臭味颇浓的"寸头",脖子上挂了一串涂了金粉的细铁丝,张牙舞爪。远远地看,像掉进粪坑刚刚爬出来的刺猬。他穿的西装,比较洋气。比老村长的儿子还扎眼。以至于老村长愤愤地说,披着驴皮的犀牛。因为他衣服的颜色接近于黑驴的肤色,又过于肥胖,他的肤色与犀牛的相似,又光滑。

还有一些外出打工者,每年回来的次数还不如大雪呢,大雪一年还回一次故乡呢。

春暖,花开。

鸟语花香,适合祭祖上坟。我记得马立秋回家后,就迫不及待地冲向北坡了。那里埋着他的爹,他的爷爷,他的老爷爷,他的爷爷的爷爷…………埋着他的祖宗十八代。那里有一片杨树林,林子北便是芦苇荡。林子南不远的地方,也埋着我的爷爷,我的先祖们。

那天,有点儿蹊跷。他趴在一堆耸起的土堆上就哭。土堆不算太大,外形也像坟。哭了一阵,手舞足蹈了片刻,就呆如木鸡了。然后,闷闷地回家了。

他的手,居然直不起来了。弯曲如抠坟状。据马立秋的小老婆揭秘,他的身上有一股特别的邪味。牛粪吗,又不尽然;猪粪吗,也不太像;狐狸精的骚味,不是;黄大仙的臭气,亦不是。

那天,我也去上坟。祈求身体强壮如牛。这样,我好回到美丽的校园,见到美丽的女生,继续我的历险,我的梦。

那天，我发现了一条小溪。它藏在荒废的提水站里了。清澈的水，从铁轨的另一侧渗透而出，仿若小小的瀑布缓缓而下。然后，躲进草丛里，倘若一路追下去，你会发现——它的出口位于一口井的北侧，沿着那条被人们遗忘的小河，钻入芦苇荡，与银河汇合，折向西，继而流入白马河。

春天，是做梦的季节。

故乡的天空，魅力无穷得很。她会吸引你，竖起一把梯子或者地板车，登上去，登上村里最高的皂角树，抓住从云彩上放下来的藤蔓，继续爬，在云里跳"迪斯科"。

然后，我在云里打了个盹。一只白羊从我的身后一跃而起，它以为我还是那只跳龙门的红鲤鱼，其实，我还没跳呢。我还是条小青鱼。仿佛它在挑衅。

于是，我去追了。白羊跑，射手追。她是白羊座，我是射手座。开弓没有回头箭。我拉弓，她跑。一个筋斗云，我落回原地——高家坟。忽地，她又出现，好像调戏我呢。我又拉弓，她又跑。

这时，我射出人生的第一箭。那么果断，那么狠，那么稳，那么准！"咩！"她应声倒地。我连忙奔去。得，有时更是一种舍。白羊不见了。只见一棵白杨树流着泪。汁液，和眼泪，竟如此地接近。

失落，让我从梦中醒来。

她就像一朵花，落了。

其实，我又发现了一个秘密。马立秋的哭坟，其实就是一个粪堆。他哭错了坟，手指无法弯曲了，也许这是一种惩罚吧。有罪就有罚。谁也逃不掉的！

隔壁村，养起了鸭子，上规模的。是喜是忧？

疑问也来打扰我。试问白马河的水，会不会一直清澈见底？

还是让我回到梦里，让我细数花落了多少吧。

阳光让我的心阳光了一些。让那些久居黑屋的人，走出来，晒晒太阳吧！

你听，梦里花落了。

庭院深深深几许

老家的胡同,愈发地老了。老家的老人,愈发地少了。老家的院子,还好还在。

院子里的树,屹立如巨人,非他莫属。

我敢打赌,亲爱的:你从未见过这样一棵老树。它的名字叫楸。与"一日不见如隔三秋"的秋是不同的。它,高大,威猛。

极其符合落叶小乔木的身份。

花冠淡红色,内敛,常常伴有暗紫色斑点。但这并没有影响我对它的喜爱之情。尽管我常常想起脸上放牧星星的小芳,一点儿也没影响我对她的喜好之意。不像有的女子,总是嫌弃脸上的斑斑点点,殊不知,有的是吉兆,有的是福运,有的是才气。点去的,有时会误了自己的一生。后悔,是没有药可吃的。

然而楸叶可食,特别是嫩嫩的时候,最可口。

楸树的花,也可入口。采花炸熟,油盐一调,味道极佳。

小时候,我有幸吃过几回。这自然是拜大伯所赐! 大伯与父亲分家后,每每挂念这棵老楸树。主要是花,既好看,又好吃。每至花期,繁花满枝,风一吹,摇曳多姿,果真让人赏心悦目!

如火,如雪,如姐姐的石榴裙。

老楸树的年龄比我大几个轮回。比胡同里的老寿星还年长呢。

其实,这棵树不是我家的。它是邻居家的。只是她家的院子,深深的,围墙极高。唯有与我家共用的土墙最矮。她家本想垒高的,可是我的爷爷不同意。他是万万不允许外人骑在脖子上的。因为他是爱面子的"大人物"。家西的白马河,是他带领民工历时三年修缮的。我只是听村里最有威望的老先生口传的。我由于愚笨,并没有去核实。丈二和尚摸不着头脑,我还不如丈二和尚哩。

土墙,是土坯垒成的。

我们常常捉迷藏的。我的异性缘,是没有几个人看好的。的确,那时胡同里,并没有几个女孩子。防风有个弟弟叫防海,白芷有个妹妹叫白芨,我有个弟弟叫豆苗。还有另一家的孩子的名字,有些古怪。小如,小贤,小艾,看上去,倒没有什么古怪的。连起来一读,才发现读书人的奥妙——如贤艾——乳腺癌。"哎呦,怪吓人的——"谁能想到二十年后,他们的妈妈真的得了乳腺癌呢。而且,已经走了五六个年头了。

可怜的女人,一个在大街上耀武扬威的臭婆娘!

我和她似乎有过一点儿过节。大人不计小人过,我总是充当"小人"角色。甚至被她骂得狗血喷头,尽管暗地里,尽管我都是听另一个站大街的女人描绘的。

自然,我不以为然!

但是,的的确确,与她有一点儿争执。还有一点儿小秘密。这是谁也不会知晓的,如果我坚决保持镇静缄口不言的话。

可是,时隔二十年,旧地重游,硕大的老楸树,一下子勾起了我的记忆。狗喜欢玩鸟。那时,胡同里,没有一家养狗的。家家的大门是不关的。我家的大门,同样如同虚设。杨树枝与麻绳捆绑在一起的大门,却是有活力的,每到春末雨后,枝上便会冒出一些新绿来,嫩嫩的,煞是好看,喜人。

小鸟也来捧场。

花喜鹊也来了。

乌鸦哗的一声冲进了楸树的树冠里。它不屑与之为伍的。小小的我,并没有特别地厌恶它,尽管它黑。

黑,并不可怕!可怕的是笑。笑里藏刀,皮笑肉不笑,奸佞的笑,阴奉阳违的笑,我还是偏爱娇滴滴的笑,笑嘻嘻,笑哈哈,甚至哈哈大笑,笑得前仰后合,人仰马翻,翻山越岭,漂洋过海,汹涌澎湃,如

浪花里的一朵朵,朵朵如雪莲花,花骨朵儿也好。白可以染黑,黑可以洗白吗?

我喜欢矮墙的另一个原因,就是它挡不住我。

绕过老楸树,有一个夹道,挤过夹道,往西走七步,就会置身于一个深深的庭院里。

庭院深深深几许?

一个严实的四合院。漆黑的木门紧锁着,像一座荒废的"百草园"。向西有一堵墙,在乡下,属于盈门墙。喜气盈盈的意思,图个吉利。在墙的东侧,有几株竹子,长势极好。墙西,有一扇窄门,通往西苑。西苑住着两个老太。一个听力不太好,一个视力不济。那房子极大,比我家的大,一个抵我家两个。院子里,到处都有美人蕉,晃来晃去。想必,两位老太年轻的时候,一定也是美人坯子。

真神秘!我的心突突地跳了一会儿,慢慢地平复了。

胆小如鼠,聪明的人们总是给我戴上体弱的"桂冠"。谁也不会料到,就是胡同里最让人瞧不起的"木偶",最终成了诗人。甚至作家。当然,不是"坐家里的"更不会相信,一个嘴最笨的人,会成了掌柜,甚至成了"红人",村里的"名流"。乡绅,我还差得远呢。我还是我,几十年如一日,小心翼翼,小心翼翼。

或许,三尺之上真有神灵!

偷窥,总觉得有失体统。读书人,理应做个表率。社会的进步,离不开知识的普及。更离开文明的提高。

路有黄金,无人去捡。

拾金不昧,倘若占为己有,迎接它的是法,法不容情。

冷,一个冷笑话,你是不会笑的。

冷,四合院冷得很,阴森森的,然而我的额头沁出了汗。心中难免是窃喜的。这种喜悦,旁人是无法窃去的!

你说奇怪不奇怪?

东屋的门,似乎没有锁。轻轻一推,它就开了。或许是风太大了,吹开的。我可是胡同里公认的手无缚鸡之力的哟。蹑手蹑脚的,我进了屋,并不是死气沉沉的那种暗。但是足以让胆小鬼的心七上八下,这种忐忑,会伴随很久的,好比噩梦。我对房间的阴暗,同样怯生生的。光线吝啬得很!到现在我还在疑心光从哪里来。唯一的窗,早已封得严严实实。七八年了吧。想必许久没有人来访过吧!

然而,地上的灰尘并不多,似乎有人打扫过一般。那是谁呢?老太吗?难以想象。一个小脚,一个一步三摇,生活还算可以自理,倘若让她们窝在屋里扫地拖地,的的确确有点小困难。再说,小脚爱干净,"无意苦争春,何处惹尘埃。"尘埃起,尘埃落,尘埃落定。小脚是不想去招惹它们的。

一步三摇,看上去就滑稽可笑。更不用说扬尘或者收灰了。

在这里,我们忽略了一个人。

小如、小贤、小艾,刚刚戒了奶。奶水少的时候,用通草熬水喝;戒奶的时候,用大麦芽。小如比小贤大三岁,小贤比小艾大三岁,戒奶的时候,小艾三岁。算一算,小如几岁戒的奶?

胡同外的人们,喊她:小如的娘。

在乡下,人们习惯于这样称呼生过孩子的女人。比如防风生下来以后,他的母亲就被喊为"防风的娘"。后来,简化成"风的娘"。再后来,"疯娘",更甚者,"疯婆子"。

至于,她成了疯婆子,是有缘由的。这在以后的文章里,可以读到的。聪明的读者,不妨——你可以猜一猜。

不幸的女人,各有各的不幸。

哀其不幸!其实,整个胡同也就是一个院子。你可知,这院子深几许?往大了扩,一座村庄也是一个院子。那么,它又深几许呢?我们忽略了"怒其不争"。

较真儿,是我的一大弱点。小时候,以至于长大了,到后来,吃过不少亏。不过,吃亏是福!算不算自我安慰!可是,贪小便宜——吃大亏的!我可是吃过大亏的人!我也不是圣贤,也贪过小便宜。至于吃过什么大亏,等以后,读者诸君就会明了。

其实,我发现了一个秘密。一个大人身上的秘密。一个女人的

秘密,一个目中无人的女人的秘密。

其实,每个人都有一个小秘密。一颗心就像一个大宅子。空虚也罢,落寞也好,饱满也行,辉煌也有,青春莫负,春光莫负。

其实,围墙的西侧有一棵小枣树。极不起眼的,因为小,我们视而不见。

枣花一开,满胡同里飘香。

在枣树的五步之遥,还有一棵洋槐。洋槐花尽量地往我家的院子里伸,伸长了脖子,看见我走过来,串串槐花如乳白色的蝴蝶微微地振翅,围绕着我,好像我不敢吃掉它似的。小南风一吹,我就醉了。骨头都跟着酥了。紧接着就到了。母亲说我得了一种罕见的病。被赤脚医生连哄带吓的,搞得父亲的脸色红一阵青一阵。说是软骨病。目前治不好的。他说那话的时候,距离今天又一个好汉年了。

"十八年后,我又是一条好汉!"

赤脚医生是赤脚大仙的弟子吗? 误人子弟哟。

幸亏,我还有一个弟弟。否则,会愁死人的。

于是,我被关在院子里。起初,是不许我乱跑的。我也不愿意乱跑。多好。庭院深深深几许? 我家的大门是由两棵大树组成的。北侧的是椿树,南边的是梧桐树。椿树上,常有花大姐飞来,或藏匿。也有蚂蚁爬上爬下。看蚂蚁上树,那是我的绝招。好比小李飞刀是李寻欢的独门暗器一般。"小李飞刀,概不虚发"。我能知道一只黑蚂蚁从树根爬到树杈需要的时间。也能算到一只黄蚂蚁从树冠到树干的侧枝有多少步。我不寂寞,也不孤独。

这里虽没有百草园的趣味,却有着别样的洞天。

我看云时云看我。

我喜爱太阳。只要太阳照常升起,每天,我就不会绝望。软弱无力,又算什么? 跌倒了,爬起来;再跌到,再爬起——软骨病算不了什么? 阴影是什么样的鬼影子? 有阳光,站在阳光下,影子无处可藏!

不是每一个人都那么坚强,不是每个诗人都是救世主,更不是每个人都可以成为诗人。

我被关在院子里,我的性格如妮子的一般。三叔常常拉我的耳朵,他说,拉长一点儿——福气就会多一点儿!三叔,自然希望我多福多寿。我的身子骨如此地弱,弱不禁风,风一吹就倒,倒在地上半天爬不起来,来只芦花大公鸡,鸡飞狗跳,跳上苦楝树,树上的鸟儿成双对——紫色的小花,美极了!

我不说话,并不证明我烦恼。

我不说话,并不说明我傻。

我不说话,或许是因为你不配和我说话,你不配——知道吗?

小小的虫豸,我的志向在远方,我的梦——除了光明,还有辉煌。

院子,的确深。特别是夜幕降临后,胡同就像一条长长的黑洞,我最怕往胡同里望,生怕望见绿莹莹的眼睛——狼会不会来?那时候,还没有如此笨的灰太狼,如此善良的小灰灰,如此爱打扮的红太狼。那时候,荒地太多,秘密太多。鬼子已经没了。芦苇依然太多。飞鸟也太多。狼也有。只是我没有遇见。防风见过狼。磨香油的梦大娘说,防风还与狼共眠一夜呢。我信以为真!见了防风,我还竖过大拇指呢。三婶说,别信她的胡话。你看她嘴上抹油,没一句实话。整天云里雾里,梦——大——娘——呗!

"哦,"我应了三婶一声。

"我的孩儿来——"三婶挺喜欢我的。

"婶!"我也挺兴奋的,她胖胖的,像上海滩上的贵妇人。

其实,一个女子嫁给一个男子,无疑误入了深深的庭院,开始她深不可测的生活——只是刚开始,她还蒙在鼓里。鼓皮,并不是那么容易被冲破的!有的人,一辈子被蒙在鼓里。走不出去,哪怕小小的院子?

胡同里,胡同外,我是招人喜爱的。

唯独小如的娘,对我恨的,我猜。或许我以小人之心度君子之腹吧,我多么希望我是错的。我多么希望胡同里安静祥和。

这里的黎明静悄悄！

村庄的夜，村庄的春，村庄的夏，村庄的秋，村庄的冬……

不知从何时起，村子里来了一个江湖郎中。

这个江湖郎中不同于原来的赤脚医生。一个西医，一个中医。这个郎中，蹊跷得很。成天窝在木匠的家里。木匠，四处找人家打门打床打窗打家具。十有八九，不在家。

庭院太深，我有点儿唠叨了。城市套路深，赶紧回农村。木匠的老婆，那可是"一枝黄花"。结婚小五年了，就是不生育。她的婆婆骂她是不下蛋的鸡，占着茅坑不拉屎。木匠，想了不少办法。偏方，秘方，土方，甚至带羊血的馒头。这血馒头还是马立春老师从鲁迅先生的《药》里抄下来的呢。这年头，去哪里找血——羊血，还是苦口婆心说了一刻钟，才借了一小碗。宰羊的屠夫，也许忌讳着什么吧。

因为套路深，我先说这些吧！

庭院深深深几许……

你有没有见过开头我提及的老楸树？不慌，以后你还可以遇见——茫茫人海中，只是因为多看了你那么一眼……

泪

哭是女人的专利!

泪是女人的武器!泪是春天草尖上的露珠,泪是夏天屋檐下滴答的雨滴,泪是秋天白马河一去不复返的水,泪是冬天阳光下的窗花……

苇姐的笑比哭好。苇姐的笑有点迷人,幸亏我不是一个花痴,也不是一个花迷。每一个女人都有她的美,独一无二的。每一个女人都有她的秘密,密不透风的。每一个女人都有她的历史,无案可查的。或苦难,或甜蜜,或无聊,或精彩,或疯狂,或静默,或堕落,或忏悔……每个人有每个人的幸与不幸!

最初,苇姐无比的幸福。嫁给亮子,是自己明智的选择。她在日记里这样写道。亮子姓江,江灯的二儿子。老大叫大明。老大住在东坡的护林房里。老大的媳妇是他从香城的莫亭水库附近骗来的。那时他去那儿收兔子毛,收到她村的一个碾旁遇见了流着口水的傻姑娘。一个棒棒糖俘获了姑娘的芳心。路过莫亭水库的时候,她居然从眼角揩下了一滴泪。后来,章黄金和她开玩笑地说,"这哪里是泪,分明是眼屎。"周围的人哈哈大笑了起来,整个村庄都跟着手舞足蹈了。村子里的老人都朝江明伸大拇指,夸他捡了个宝。于是,江灯开始了醉酒的生涯。一杯红高粱,一杯二锅头,一杯景芝二曲,一杯钢山特曲……他常常光顾三嫂开的代销点。三嫂是小刚的三婶。我按照母亲的吩咐喊她为"三嫂"。

三嫂的小铺卖一些杂货,勉强过得去。起初,没有辣条,没有可乐,没有方便面,没有青啤,没有火腿肠……却有弹球。我不太喜欢

玩这个。跳绳也不痴迷。我喜欢望云。呆呆地望着,天空不空。有云在飘,偶尔还有飞鸟,还有成群的大雁,多好!没有灰尘落下来,没有雾霾来捣乱,没有野狼出没,就好!有风吹来,有花香袭来,有外婆熬制的白汤的甜味让我回味,真好!

妈妈说,话是开心的钥匙。我不爱说话。和邻村的哑巴有点儿相像。我不善于多舌,我只想思考,我思故我在。大人有大人的事要做,小孩子有小孩子的事呀,我有我的。三嫂在掉眼泪,被我无意中瞄到的。她掉了半个瓷碗的泪。足以证明她有多么委屈,黄鼠狼有多坏。给鸡拜年没啥好事。我们村有三个黄鼠狼。章白银是狼头。三嫂又属鸡。三哥平日里在木厂上班。那时还不叫打工。三嫂的儿子小铜已经上了学。她的公公老刀一门心思地磨香油。就像他家的那头老毛驴,蒙上了眼睛,一刻不停地转圈。她的婆婆是我的爷爷从望云之南的一个小山村拯救回来的。据说,那是一个石头村。若是李白去了,想必会作诗一首,蜀道之难难于上青天便会改为难于上"上九天"了。可惜,我的爷爷不懂诗,也没有那么多感慨。爷爷把她带来,便宜了司马家。我的奶奶尽管不信基督,却有耶稣的容忍心。她不但没有大吵大闹,还给那个"外来妹"找了一件花衣裳,让她换上。没几天,她就嫁给了老刀。以至于老刀对我们高家总是那么热情,感恩戴德。后来,我听说,奶奶曾经还哭了三天三夜呢。我不太信,除非亲眼看见。

章白银是个硬汉,是绝不会落泪的,纵使见了棺材也不会落泪的。男儿有泪不轻弹啊!他在他们群里算得上个人物,是他们的灵魂。胆大心细,有远见,有魄力,有雄心……也有缺点,好色。好色之徒,领着一群酒囊饭袋,雄霸一方。没几年的好光景,惹了某个人物的小舅子,被驱散了,如鸟兽散。这不,他在村子了转悠呢。狗改不了吃屎,苍蝇忘不了叮蛋。他总是算计着,老实巴交的老百姓都怕他,提防着他。可怜了小脚女人,男人不在家好几年了。软磨硬泡,他终于如愿以偿。从此,老实巴交的人看她不再是同情,转变成鄙夷不屑了。小脚女人强忍着眼泪,鼻子酸酸地,有苦说不出来,比哑巴吃黄连还苦。她把苦与难咽在肚子里,等待出人头地的时机,厚积薄发。

章白银尝到了甜头。在三嫂家里,他想故技重施,不料,被这个弱女子推出了千里之外。

章白银灰头灰脸地溜了。

可是,不明事理的三哥发了疯,像一头疯牛。把什么都当成了红布,横冲直撞,搞得满地狼藉。

三嫂的青花瓷碗只剩下装泪的份了。

牛在我们村子的地位仅次于土地。小时候,几乎家家养牛。我上一年级的时候,有一半人家不再养了;我上三年级的时候,还有五分之一的户在养;我上五年级的时候,养牛的屈指可数了。我家也不养了,因为父亲去选煤厂上班了。因为大伯去了另一个世界,父亲去做了他本来的工作。选煤厂的工作很辛苦,父亲负责装车,就是把煤泥一锹一锹地装进斯太尔车里。又脏又累的活,纵使这样,也不是什么人都可以干的。大多是沾亲带故的。就像牛。可是牛的地位在我们村逐渐地低了。甚至有的人家嘴馋,还杀了牛。牛会掉眼泪,你信不信?

我对牛有一种情结,不像小刚的恋母情结,也不像苇姐的恋父情结。我喜欢牛的任劳任怨,力量大,胃口大,身强力壮。不像我这么瘦小,说我像猴子,有点儿抬举我;说我像山鸡,有点儿挖苦我;那像什么?周遭的人,倒是不太懒。我们这一代,享福的一代!尽管长辈们皮包着骨头,晚辈们争先恐后地疯长。我们是麦二代,不是富二代,更不是官二代。

我考上了南屯联中。

过了暑假,我就得去那上学。对有些事总会念念不忘,对有些人总是恋恋不舍,对过去总会有点儿提心吊胆,好比一棵画眉草在春天的麦田里;对未来总是有点儿茫然失措,好比一株蒲公英在秋天的菜园里。

这个暑假,我们搬了家。从前院搬到了后院,从老屋搬进了新

房，从一个胡同搬到另一个胡同。从前院到后院是三百步，从后院到前院是三百步，无聊的时候，我总是量一量。原来南北走向的胡同不见了，如今变成东西走向的。

我们有了新邻居。左邻是马立夏家，右舍是郝二琼家。马家有五朵金花，算命先生说他命中有七个仙女。立夏叔准备再接再厉再生，非得生个带把的。这可苦了马二婶了。怪不得她长得那么苗条，营养都让丫头们吸了。马二婶算得上个美人坯子。皮白，脸粉，有时候还有点梨花带雨，让人垂涎三尺，于心不忍。我极少见她。我还是个孩子，还不懂得欣赏，更不知情为何物！我有一些晚熟，不像小刚那么早熟，也不像小民像个闷葫芦不熟。我每次见她，小脸总会发热，郝二叔取笑我说，"小奎的脸红了……"母亲总是解释说我害羞，没见过世面。我转身折回进了大门，这时的大门已经是朱漆大门了。仍然比不上杜甫大诗人笔下的"朱门"。这年头，应该也没有"冻死骨"了。杜甫恐怕有点儿羡慕我了吧。我羡慕马叔，家里养着仙女。

郝二琼也是排行老二。我们这个胡同，住了六户人家。巧的是都是排行老二。从东往西数，马家，高家，郝家，赵家，朱家，杨家。马家和我家是一个队的。章黄金是队长。其余四户是另一个队的，队长是我的本家。左邻右舍，我都得喊二叔。

苇姐家就在马二婶家的后边。院子里种了一棵苦楝树，花开得特别艳。风一吹，纷纷扬扬的小花落下来，好比一场染了色的小雪，美！诱人的香袭来，醉了有情人的心。人，是有情感的高级动物，我认为。也醉了我心。听马虎大妈说，院子里栽苦楝树是不吉利的。苦，等着过苦日子吧！楝同恋谐音，苦楝，苦苦地恋着：院里的女人不就成了怨妇啦。

苇姐喜欢织毛衣，或站或坐，或依或躺。苇姐的针线活在我们村首屈一指。她给江亮织的毛衣比集上的羊毛衫还新潮。花鸟虫鱼，栩栩如生。我才懒得嫉妒呢。我在读鲁迅先生的小说，其中有一篇《药》，让我感慨万分。用人血馒头为华小栓治病，可笑至极，可恨之处让我心寒。秋天的后半夜,月亮下去了,太阳还没有出,只剩下一片乌蓝的天;除了夜游的东西,什么都睡着。先生的文章让我顶礼膜拜!

苇姐确实喜欢梦游。只是她自己不清楚,她总是在后半夜,披件外衣就往外奔。我没有亲眼看到,不太信马虎大妈的话。有一次,被章黄金撞了个正着。初夏的季节,水沟里已有了活物,青蛙正在排练,为热情的夏天准备一场盛宴般的大合唱!夜色也是一种掩饰,还有一些不安分的思想在行走,还有一些见不得光的东西在奋斗,还有一些人在流泪,成为泪的俘虏。

章黄金开了一片荒地。我家也开了。不过,没几年就被充公了。只有几户人家的依旧纹丝不动。譬如,老村长的小姨子家的;夏四奶奶家的,夏四奶奶有五个儿子;章黄金家的,荒地变成了水坑,越变越大;还有大伯家的,大伯是个光棍,有文化的光棍。又过了几年,大伯的荒地被收了,因为大伯再也不说话了,他被埋在深深的大地里,静听大地深处的声音……大地的哭声!

有一条小溪绕过章黄金的水坑,流向白马河。

没几年的光景水坑变成了水塘,逐年地扩大,甚至有向湖演变的野心。水塘里有鱼,起初是野生的。小孩子特别羡慕章小洋家,常常吃到新鲜的鱼。我也是。只有吃咸鱼的份。有时候觉得自己就像一条小咸鱼,不知道何时能翻身。咸鱼,外婆做得最好吃。其实,在那几年吃到咸鱼就是不错的啦。有的人家不知落后了好几年。至少右舍家是这样的。一天到晚的煎饼卷大葱。离他八丈远,都闻得到刺鼻的大葱味。等五步近的时候,又多了一种酸味,想必他已经一个月没有洗澡了。接近三步近的时候,大多往后退了,还生怕他看出来。我是直接逃了。我发现他不但不生气,而且还有点儿讨好我的意思。只有他的嘴上挂着我,说我是大学生。那年,我才上初二。离大学还远着呢。

章黄金捞了三条鱼,用草绳串起来,右手提着,左手从上衣口袋里摸出一支过滤嘴的香烟,放进脱落了一颗上牙的嘴里,有一种

烟草发霉的异味溜了出来。他又用左手从下衣口袋里掏出一个打火机，故作潇洒地点燃了。有没有人，他都要显摆一下，哼！谁谁吸得起过滤嘴，谁谁用得起打火机，谁谁……这样，他风光了好几年。

他从水塘一边的小路爬过去，绕过芦苇坡就是大路，这是一条通往村子的道，两边是玉米，三指高了，风吹来，你可以闻到清香，甚至可以嗅到爆米花的味道。从村头到他家，大约十几分钟的路，实际上有两条路可以回家，东路比西路近一些，但他习惯走西路。好多人习惯走西口。西路路过苇姐的家。我总是习惯于猜测。我总是自欺欺人。我总是声东击西。后来的故事证实了我的战争屡屡受挫和我的轻敌有关，声东击西，对爱情是残忍的。

苇姐的夜游被章黄金撞见了。

时候应该是子夜。乌鸦已经熟睡。白杨树也已静默了。苇姐迷迷糊糊地从枣木床上爬起来，趿拉着拖鞋，推开虚掩的门，径直朝小学操场的方向晃去，约莫过了十分钟，沿着学校后面的路向北而去，下一站好像是一片林地。林地的西北方向就是芦苇坡，坡下就是芦苇荡。恭喜你，猜对了！苇姐去了林地，转了几圈。介绍一下，这是从前的乱坟岗。小户人家的人老了以后，大部分埋在这里。我们村里住的人很杂，虽然从明朝就有了，但后来融入了一些，还有一些逃荒的，就被当地的地主雇了留了下来。据说村名还与这有关呢。故下，雇下。可以看出先人们的宽容与朴实。苇姐围着几棵树转了几圈，最后在一棵小树旁驻步。土堆比那几个大一圈。听司马老刀说，下面埋了一头牛。老黄牛，不是老子的大青牛。管它什么牛，都是好牛，都牛！牛魔王也是可圈可点的。我也喜欢牛。吹着牧笛，横在牛背上，走在乡间的小路上，蜻蜓点水，飞蛾扑火，不以物喜不以己悲，多好，多美，多么让我陶醉！可惜，牛少了，甚至我们村后来一头都不剩了。我对牛一直念念不忘。

特别是外婆家的。

外婆跟着二舅过。外婆家在白马河的西边，从奶奶家到姥姥家需穿过河，或者绕行从一座石桥上过去，过了河，还有三里路。村子叫纪沟,也就是纪念沟。村子很大,像个小集镇。姓柳,柳家行。也就是说,那一片,几乎都姓柳。唯外婆的地位最高。因为她救过一位八路军。躲过鬼子的搜查,并为他用土法疗伤,等等。后来,那个人在北京做了官。听母亲说,那个人来报恩,被姥姥拒绝了。如今姥姥已入土,不知那个人可曾落下一滴泪?

外婆的日子相对来说,比较清苦。以耕地为生。因她的三寸金莲,极少下地的。地里的活,辛苦了二舅和妗子。我并不是经常去她家,因为我上学。只有周末或者寒暑假,才能去外婆家。去了,不想回来。不回,老爸又得挨饿了。他不会做饭。外婆做的饭忒香,口水不自觉地流出来。尤其是熬的白汤,喝过的人没有不想下一次的。就连挑剔的三叔都在念叨呢。外婆是一个开朗的老人。我从未见过她抹眼泪。不像我的表妹,动不动就哭鼻子。也不像苇姐的婆婆成天地唉声叹气。外婆是一个奇女子,也是一个女强人,我是这样认为。她养活了十个孩子。接济了不少人家,一生不曾落泪。

院子里,有一株枣树。我们去外婆家的另一原因就是可以有枣吃,妗子大方地从里屋里端出来一个小筐,里面有红的枣黄的柿子绿的葡萄干。我爱吃枣;我的脾胃不是很好,柿子是万万吃不得;葡萄干应该是酸的,因为我们偷摘过张老师家的葡萄,酸得倒牙。妗子姓谢,叫谢谢你。妗子啊,我们真的应该谢谢你!

过了中秋节,枣子就被表弟摘得差不多了。大部分晾晒在窗台。等入冬以后再吃,或者搁到过年时再品尝,真馋人。枣树的叶子,渐渐地稀了,有枣暴露了位置。表弟用弹弓把它们打下来。三枚五枚,最多七八枚。有鸟也来偷啄。大多无功而返。因为有表弟在守卫,比禁卫军还尽心尽责。又过了一些日子,落尽了叶子。没想到还有一个漏网之鱼——干瘪的红枣。表弟固执得很,无论如何都得想尽办法把它搞掉。爬树,是他的绝活。爬,我在一旁看外公写的大字。每写一个字,喝一口小酒;仙风道骨,犹如太极祖师在世。毛笔,我是拿不动的。大字,我是写不来的。母亲埋怨我,怎么不跟你姥爷学学?我无言以对。十几个外孙,没一个能舞文能墨的。怪不得小

姨说,别人都笑掉了大牙,笑出了泪。

没有意外,表弟如猴子摘桃一般利索,取下了它。

在外婆家留宿一晚。这秋末的夜空,与春夏迥异。有一种蓝,有月光,有孤独者的夜游,有思念,有影子……还有情窦初开!

还有一种蓝蓝的梦。

梦见了紫色的女孩,一个天使。

第二天,我匆匆地回家了。我看见苇姐在院子里,羞涩地喊了声"姐,你咋来了!"

"来,量一量。"我这才发现她的手里拿着一个软尺。

认真地量了一遍,默记在心里。这时,母亲从西屋拿了一包红线球,交给了苇姐。

她走了,我的脸没红啊,难得难得!我在长大。我的思想在变。

转眼,到了初三。我把早点钱省下来,买杂志。从《辽宁青年》到《青年文摘》,从《读者》到《小说月报》,还有小小说之类的,名字记不太清了。后来,母亲还把这点儿光荣史说给二弟听,让他向我学习。我之所以个子没长过二弟,与不吃早点有很大的关系哩。所以现在每一顿早点,我都要求女儿必须吃。有点儿像应试教育。哪怕将来像一头牛,也不妥协。

我对外婆家的另一个牵挂,就是牛。从一头小牛犊出落成大公牛,大约半年的光景。人怕出名猪怕壮,牛肥了,迎接它的是什么。明晃晃的尖刀,解决了它的一生。送走它时,我分明看到它在飙泪。二舅躲在厨房里伤心。人非草木,孰能无情!郁郁寡欢了一段时间,有了心病。还是外婆聪明,又买了一头牛,二舅才打起精神来。心病还是心药医啊。我欢喜了一阵子。

幸亏家乡村委会办了一个养牛场,这才把我的注意力从纪念沟拉了回来。司马老刀去看大门了。村子的壮劳力都进养牛场了。老弱病残留守村子。因为养牛场在离村子三里地的西南坡,回家太麻烦。那段时间,搞得热火朝天。家家有一头牛,寄养在那儿。集资的。

不知怎的,我对牛的感觉淡了。

我还在读鲁迅先生的文章。我读过《野草》里的文章,散文诗居多。梦的朦胧,梦的沉重,梦的奇诡,甚至梦的气味;还有鬼魂的隐身,鬼魂的阴森,鬼魂的变形,以及鬼魂的面具。我也喜欢独语。自言自语,自己明白。我越发的不相信世上还有鬼。先生是不信的,还踢过"鬼"。可是,章黄金是无可救药地相信。他宁可相信自己是从石头缝里蹦出来的,也不相信世上没有鬼!他遇见过鬼。那一夜,他喝了一点儿"猫尿"。有点儿微醺,从鱼塘回家,不知为何改了道,从芦苇坡的东南处上了岸,斜穿过芦苇荡,误入了小树林,迷迷糊糊地看见一个女鬼。身披像现代睡衣的白色东西,那时乡下是没有见过睡衣的。城市也不多。悠悠荡荡,抽抽搭搭。定睛一看,长白长白的腿,雪白雪白的手,苍白苍白的脸,没有眼,只有两个黑洞。"鬼呀!"踉踉跄跄地跑,不回头,到小学学校操场北墙之后,出了一身冷汗,才反过神来。紧接着点燃了烟,吧嗒吧嗒地抽着,想想都后怕。十足的胆小鬼!等抽完第三支烟,苇姐夜游回来了。这时,就是他老婆来拽他的耳朵,他也不动一下。更不用说一个走路无声无息的人了。那一夜之后,他病了一场。

无缘无故地掉泪,持续了一个星期。找村里的乡村医生看过,无济于事;请外边的江湖郎中诊过,疗效甚微;甚至章白银从某个山头拉来了道士,也一筹莫展。直到老刀被牛顶了之后,才好转。过了不久,牛群乱了。又过了一些日子,养牛场宣布倒闭。成群的牛被赶上了卡车,拉往屠宰场。经过白马河,本来干涸的地方,一下子冒出了水。好多人在流泪,好多牛在掉泪,泪流成河。生,有这么难吗?活,有这么不易吗?

笑一笑,多好! 我爱笑。我爱爱笑的人。

莫斯科没有眼泪。孟子故里没有眼泪。东故村也没有眼泪。我也没有眼泪。大学的我就像一个笑面人,美其名:傻大哥!我的大学也在人间,我的人间也有童年,我的童年也有母亲。想哭的时候,读一读高尔基的小说;读高尔基的小说,想哭。可是,我不哭。

　　常常想起初三的时光。特别是那个寒假,我和房子与玉一起给数学老师看家,他一家三口回老家过年去了。第一天,我们先在房子家吃了晚饭。人生第一次喝了白酒。以前过年期间,我只喝饮料。父母也不允许的。眼看就要步入社会,便放宽了一些。其实,我是讨厌饮酒的。和李白无法比啊。谁能斗酒诗百篇,唯诗仙李白。谁又能解忧,唯酒圣杜康。小玉似乎喝高了,像婴儿一样哭啦。我们劝他他不听,只知道掉金豆子。过了一会儿,他睡了。又过了三炷香的时间,他醒了,问:怎么在这?我们俩趁着他在睡,用单车把他拉回来了。小玉睡沙发,考虑到他夜里可能会呕吐。我睡西厢房。房子在南面的那间,与我一墙之隔。夜已深,睡了。

　　大约第三天,我感到无聊。随手翻了翻不知是谁随便放在枕头旁的相册。黑白的多,大多是一些十五六岁的校园照。一寸两寸的而已。花季少年,个个如花。万花丛中一点绿,我发现了她。她那美丽的麻花辫,让我心跳加速。从那以后,每晚看她三遍。虽然,我不知道她姓谁名谁;可是我的心跟她走了。也许一辈子都不会见的。这个年,让我有了牵挂。不知不觉又长了一岁。

　　正月十六开学了!一大早,太阳伸了伸懒腰,起得迟了一些,我从张老师的家里出来,迎面走来一个少女,她穿了一件紫色的外套,就在我低头系鞋带的一刹间,她飘过去了,好像进了张老师的家。后来,我才知道,她是张老师的亲戚。我的脸比红领巾还红,比煮熟的螃蟹还乖,比见了公婆的丑媳妇还羞。

　　是她。我高兴地挤了一滴清泪。后来,我为她留了一级。明明全校前三名,却落榜了。不可思议!语文老师摇晃着拨浪鼓似的脑袋,喃喃地说。只是她不知道。没人知道。怎么样?我可以做卧底了吧。守口如瓶,打死也不说。现在写出来,为时已晚。她已嫁为人妇,我已成为人夫。孟子的思想在我们的中间。大多自作多情罢了。

　　读了不少先生的文章,试着写了一点儿。拿给语文老师看,他又摇他的头,晦涩难懂,你又不是周树人!我碰了一鼻子灰,便灰了心。这个恩师姓陈,是个夫子。他对我的好,至今记着。还有一个老师,我不得不提。那时候流行记日记,我们班换了新的语文老师,姓尹,字天明。他要求我们一周交一次日记,想提高些什么。记得有一次,我打开日记一看,惊讶地张大了嘴巴——他给我写了评语,还圈圈点点。我想给你打分,他有点语重心长地说。从那,我坚定了信念,继续写东西。

眼泪汪汪,忘了回家。我沿着白马河堤一直走,不回头。我想到河的尽头看一看,听说它流入京杭大运河,流到钱塘江,流入西湖,最好继续向南,与香江汇合。我变成一片绿叶,顺流而下去一睹香港的风采。最好是橄榄叶。七月,它就回来了。回到祖国的怀抱,母亲的怀里。我仿佛看到渴望和平的人们的眼泪,幸福的眼泪。

我看到了母亲的泪,我的出走,让母亲好找啊。伤了她的心。她认为我会为她殉情,母亲错了,后边的路还很长。她只是我暗恋的一个天使。母亲并不识字,想必四婶翻了我的日记告诉了母亲。父亲只知道拼命挣钱,极少关心我们弟兄俩。但他的伟大之处就在这!默默无闻,勤勤恳恳,像一头老黄牛!

男儿有泪不轻弹!铺开纸,开始为不幸者写点什么?写她们的委屈,她们的坚强,她们的怯懦,还写她们的傲慢,她们的偏见,她们的理智与情感……自然少不了眼泪。

可是,苇姐的眼里再也没有眼泪了,因为江亮自己把自己给埋了。以后的故事,放到以后再说……

梦

夜长梦多。

夜,属冬天的长。夜长了,梦就多了。不是因为梦多了,我的心才寂寞;也不是因为寂寞才入梦。

夜深人静的时候,还有多少人可以扪心自问? 在梦里,我常常听见一个声音在召唤,常常看见一个紫色的影子在吸引我。常常地想,从前的你——时光在我的梦里不曾消逝。梦可曾惊扰了你的时光?

梦里花落,到底有多少?

问天问地,我想问问你:梦里的人,不用粉墨便可登场。我的青春,怎一个"默"字了得! 吻与泪,究竟有多重? 天生的笑面人怎么哭了? 难道是爱你在心口难开……

马虎大妈有一个养女,名字叫花大捷。我比她小三个月。我自作主张地喊她:花大姐! 她住在马家胡同。我还是住在梧桐树胡同。在《耻》与《泪》里面,我忘了提及花大姐了。郑重地向她道个歉,尽管现在她已远走高飞。尽管我依旧胆小如鼠,尽管我也"子女双全",尽管我已从白马河搬到了护驾山,尽管我接近脱贫,脱掉一穷二白的帽子,但我没有忘记……

小刚撸榆钱的头一天,我去外婆家了。听说,是她打扫了"战场"。也是她发现了老榆树上的鸟窝。以至于有了第二天虐待小麻雀的故事,提前打了预防针。

其实,花大姐家的院子里,生长着一棵杏树。

二月春风似剪刀,把白马河两岸的白杨树修剪得整整齐齐,好比一个胸襟博大的理发师完成了一件伟大的艺术品。东堤有一段杏树林,杏林往北八竿子远便是名扬孟子故里的莫愁湖了。只是大家习惯叫它为塌陷坑。只是在我的心里,还有小说里,称它为莫愁湖。或许在她的眼里和我一样。似乎我只把它的美丽和神秘说给她听。还有我的秘密,也想说给她听。可是,我怕羞,说不出口。埋吧,埋在充满希望的春天里;埋吧,埋在铜钱大小的叶子的叶绿素里;埋吧,埋在李白斗酒诗百篇的月光里——埋在她必经的小路上。天天被她路过,希望被她发现,被她或踩或踏或小河流淌或水漫金山。可是,我总是那么扭捏,那么小心翼翼,那么沉默。

春风的温柔只有含苞待放的杏花最懂!杏花的娇艳只有含情脉脉的春风最怜!朵朵艳红,朵朵娇羞欲语,朵朵向天歌。想必湖里已经白毛浮绿水了。初春的太阳已有了魔力,湖里的冰雪被它吓化了。燕子也快回来了,或者在回来的路上。我认为小麻雀还是比较忠实的,整个寒冬都未曾离开过我们。或许,近的臭远的香吧。大家对小燕子又喜欢又惊喜。不知它们有没有点儿受宠若惊啊。

有桃花源,亦有杏花源。古有陶老先生寻觅桃花源,今有小小奎奎误入杏花源。今日不同往日,今非昔比,我闲得无聊,还不如做梦。梦里有一叶扁舟,还有一条比白马河还美的小溪,还有密密麻麻的小灌木丛,看上去有点儿像我十年后求学的黄山林校后花园里的十大功劳。小溪里有小青鱼,溪边有蔚蓝色的小花,墨绿色的小草,偶尔还有花蝴蝶从它的上空飞过,或者舞蹈,美不胜收啊!沿着小溪的流向走,看看穿过的竹林,看看竹子上的字,读读你的名字——花花。是在另一个梦里刻上去的。一个梦是另一个梦的继续,一个谎需要另一个谎来圆,一个影子是另一个影子的相思,一个故事需要另一个故事来点。

有时候觉得自己像一只木偶。小伙伴们大多喜欢过年放鞭炮,我总是躲得远远的。"嘣"的一声,或者"轰"的一下,再者"噼里啪啦"的一通,蓝色的烟,闪电似的光,既刺激又上瘾。有一种刺鼻的气味,让我感到恶心,而小民总是迎着烟的方向贪婪地呼吸,居然

没呛着他。小刚学着一休哥的动作,用手指着半秃的脑袋,灵机一动,出了个妙计。"嘣""轰"连环炮似的,牛粪四散,可不像天女散花。躲在近处的小民露出了左脸,一小块牛粪粪硬生生地黏在有点儿癣皮的脸上。小刚才要哈哈大笑,麦粒大小的尤物钻进了半张开的大嘴里,有点儿像青蛙的样子,"呸""呸""呸",那尤物分明是小民脸上的小东西进行了绝地反击。幸亏是寒冬腊月,若不然,小刚非得恶心死。或者被小东西们争而食之。

　　我像个木头人,在窗外偷看。这是一座废弃的牛棚。废弃大约一年了,我记得马立夏的大哥马立春来过,好像在藏什么。我偷看过,但看不真切,好像连环画,又不太感兴趣,所以我没有去翻。放弃真的也很容易。绝不像小脚女人那么执着,永不放弃!也不像某些大侠那么任性,死不悔改!更不像河里的大虾那么虚荣,痴心妄想!大侠也有大虾的幻想,大虾也有大侠的情怀,多好。我,梧桐树胡同的我,背上外公刨成的桃木剑,行走江湖。模仿堂吉诃德行侠仗义,跟大风车决一死战。可是后来没有遇见,再后来就没机会了,我变成成年人了。摇身一变,成了一个绅士。论说可以蜕变,在牛棚附近生活的人,至少是牛人。

　　完全废弃算得上有半年了。就连小孩子都不去玩耍了。藏猫猫,也不去那里了。大多因为闹鬼的缘故。小脚女人散布者"谣言",马虎大妈在一旁煽风点火。追随者信以为真。苇姐也是忠实的追随者。鬼,我才不信呢。鬼打墙,不过是酒鬼的错觉罢了。其实,我的胆子比小耗子的还小,只是读的书多了,不信那一套了。心里暗暗地发誓:一定要出人头地,一定要梦想成真,一定要策马奔腾!我多么向往自己像一匹白马在广袤的大草原上自由地驰骋。或者像白马王子邂逅美丽的公主,浪漫天涯。和来自星星的"外星人",一起去看流星雨。与花大姐一起去蚕厂摘桑叶喂蚕宝宝。一起幻想,一起做梦,一起沿着铁路踢小石子。至于唐王湖和护驾山,那时还没有听说。毕竟村子出去的人屈指可数。后来,有一个"跑保险"的,进了城。听说,他的老婆信邪教跟别人跑了。他又找了一个比原配小十岁的女人,妖里妖气的。以至于村里的女人们坚决反对男人们外出,更不用说进城了;还想在外过夜,做你的春秋大梦去吧。村子本来就闭塞,这下更加捂着耳朵糊里糊涂地过了。不过,民风异常地好。

野心,不光野狐狸有,司马老刀的毛驴也有。倘若让它碰见春意盎然的同类,它会冲动,异常兴奋,甚至暴动。暴跳如雷,哼!老刀也会,在我的记忆里,他不过发了三次火。一次是金银花羞辱他的老婆,一次是章黄金玩弄他的毛驴,还有一次是小刚的娘拉他信耶稣。这以后会在小说《火》里说给大家听。

野心,我也有。我想拥抱整片整片的青纱帐,我想拥抱火红火红的太阳,我想拥抱雪白雪白的云,还有马虎大妈菜园里的胡萝卜,还有白马河里的小白龙,还有织女星,还有……有一点儿贪,想必以后绝不可做官;纵使祖坟里冒了青烟,我也要望风而逃,断不可纠缠,深陷其中,绝不可沉沦,更不要迷信,哪有天生的人才?

我想风。我想拥抱风。拥有风。风一样的女子,是个谜。但是,遇见疯女人,几乎都会退避三舍的。包括我。其实,疯女人也是一个谜。她为什么这样?为什么疯言疯语?为什么执着?后来,有一种想拥抱她的冲动,我用意志强行控制着如潮水般的情感。那时,我还在读初三。可能是第二次读初三吧。记不清了。我比同龄人既幸运又不幸!因为我上了三次初三。其实是有缘故的。都是那一场梦,梦里的紫色,紫色的小花,小花的梦。就算梦非梦花非花,我也要坚持下去!寻找梦里的影子,紫色的影子,紫色的裙子,穿紫色裙子的仙女。在哪?我想我是风。多好。寻找风一样的女子。寻找风一样的梦。寻找风中的眼睛。

寻找桃花源。入梦。

其实,白马河有一段真的有点儿像桃花源的入口,只是当初我没有发现,只怪当初太年轻,不知天高地厚。看着莫愁湖,就以为它比西湖还美;看着护驾山,就以为它比黄山还秀;看着南瓜,就以为它比映山红还红;看着棉花,就以为它比雪山飞狐还白;看着她的

眼,就以为她比王语嫣还纯……至于杏花源,我再熟不过了。

杏花源,不过是一片杏花林。我无意中闯入的,自己找了个借口。这是一片净土,人迹罕至。或许人们没有雅致,无心去踏青。春天对于他们,不过是不痛不痒的日子,眼看着接近青黄不接的时节了。无心插柳,柳成荫;无心栽杏,杏成林。杏树,好像没有人承认是谁所为。这样,无人照料了。就这样风情万种了,各有千秋!我发现它,是偶然。我参加了一次比赛,有点儿画蛇添足,败走华亭道,心情有点儿烦忧。骑上单车,直奔白马河。在河堤上狂奔。任泛青的柳条,杂乱地抽打我绯红的脸。任消融的冰雪,无章地澄清我朦胧的眼。不知不觉误入一片"禁地",我把单车放一旁,冥落了"凤凰"。暗香袭来,放眼望去——一棵一棵的,一树一树的芬芳。映入眼帘的是娇艳的花骨朵儿,含羞欲语。风一吹,褪了颜色,有红变粉,过不了多久,又有粉变白。似雪一样了。杨万里说,"道白非真白,言红不若红,请君红白外,别眼看天工"。至于红或白,看看你有没有一双慧眼,可以雾里看花,水中望月。我迷上了这个地方,仿佛人间仙境!不远处的白杨树上,有青鸟在呼朋引伴。"啾啾",这么好听。有时,还能听到"咕咕"的叫声,那是迷途的白鸽在传播信号。

鸽子是马虎大妈家的。花大姐告诉我,她家一共养了两只,一个小灰,另一个就是小白了。它俩的名字和小脚女人家的兔子重名。也是一个小灰,一个小白。因为这,小脚女人还生了几天的气。这算啥啊!我的表弟,还不是一样——一个小灰,一个小白。幸亏,表叔家不和马虎大妈家搭邻居。若不然,乱了套。鸡飞狗跳。

表叔家在丁村。靠近漆女城。往东五百米是西外环,再往东五百米是一片梧桐林,过了林子,继续向东一千米便是造纸厂,绕过它,还向东大约五百米是个炮台。炮台,打小鬼子时留下来的。真刺激!向东吧,林家铺子。不是茅盾先生的那个林家,也不是那个铺子。是一个酱园,方圆几百里,无人不晓啊!正午时分,不是子夜啊,穿过岗山路,向东五百米,便是孟府与孟庙了。孟庙的南大门,即"棂星门",门内左右各一坊,左名"继而圣",右名"开来学"。我从门前晃过,感到有一道金光射来,难道是圣人有心点化。细细的密汗从额头渗出,暖暖的南风吹来,有一种莫名的爽。恍然大悟,她来了。难道她的家就在这附近! 哪里有她? 分明是梦。分明想得多了。

分明自己才十五岁。分明是阳历 1996 年,明年香港才回归。我和花大姐之间,只是纯粹的同志关系。误会总会有的。我发现了杏花源,她也发现了。有一次,我发现她的眼睛红得像晚霞中的红蜻蜓。我比较木讷。心想:给她个拥抱,安慰一下她。愣了一会儿,硬是让她占了先机——她抱了我,像一团棉花,那么温暖。一种少女特有的气息,一种香,俘获了我,让我陶醉! 我更加地沉默。像一只戴罪的羔羊。过了一会,我想推开她,却不知从何下手。我的大眼睛瞄了一下,天哪! 一起一伏地,让我的呼吸有了异常。什么呀? 我从未见过。后来,才明了。她有点儿早熟。后来,才知道——她要嫁人了。后来听司马老刀说,这都是章白银使得计策。他想和马虎大妈相好,又闲花大姐碍事。其实,都是他迫使的。那时候,我和花大姐都盼着她亲爹早回来。可是,村子里的人们都认为他客死他乡了。若不然,十几年不露一面。还不如一个拾荒者。一个毁了容的外地人。马虎大妈也有一个梦,希望有生之年还能见他一面。至于章白银,她绝不屈从于他。只是逢场作戏而已。而女儿的进城,不一定就是坏事。亦可以长见识,还可以打听死鬼的消息。并非真的嫁人。

我对花大姐只是表面上的情感。我的真爱留在了梦里。紫色的梦里,杏花的梦里,这与我后来遇见了杏多少有点儿牵连。

"沾衣欲湿杏花雨,吹面不寒杨柳风。"这不是江南,这没有小楼,小楼一夜听春雨,深巷明朝卖杏花。可是后来,我真去了江南。这在我们小村,特别是在一户目不识丁的人家,他们的孩子走了出来,去了他们去不了的地方。杏花很美,不是每个人都懂。春雨很贵,不是每个人都喜。心比天高,命比纸薄。也不是一概而论。

麦黄的季节,我发现一枝红杏出墙来了。从马虎大妈的院内,有布谷鸟在啼叫。

杏花源的杏树只开花不结果。荒了,在我第三次读初三以后。

在她成为同班同学之后,我极少去了。就连花大姐嫁人,我都没有赶上。我一面学习写作,一面想方设法朝她靠近,一面与陈老夫子周旋。写了一些小诗,大多关于风花雪月的。为了迎接香港回归,我写了一首长诗。后来,不小心让他弄丢了。我的好老师!我暗暗地发誓:去香港。在当时属于天方夜谭的,痴人说梦而已。后来,我真去了港澳。不知道,陈老师会不会继续笑掉大牙啊。

梦里笑出声来!

梦里花落知多少!

梦里。我不说。梦外,我继续沉默。

香港回家了。我继续漂泊——我的1997年!

一晃2017年了。沉默了二十年,有了感觉,我还是选择沉默!白马河的水已由清变灰,又由灰变清了。我已没了花大姐的消息。杏花林变成了桃花林,只是不再私密,成了景点。旅游的人空前地多了。村子成了湿地。我也成了"诗人",湿地里的人。

茫茫人海,好比许许多多做梦的人,寻找什么?

"借问酒家何处有,牧童遥指杏花村。"学杜牧故地重游,学陶渊明写桃花源记,学文天祥丹青照汗青,学鲁迅先生横眉冷对千夫指……一个含苞的花骨朵儿,做了梦。

梦见一个紫色的小精灵在飞。

夜短了,梦也少了。

春天来了!

耻

虐待一只小麻雀,从我的童年开始——

小刚在榆树上掏鸟窝,小民在榆树下拍手叫好!我望着披着灰色外衣的蚂蚁发呆,这小小的东西爬上爬下——忙忙碌碌,好比出村回村的"泥腿子"。

小刚掏鸟窝总是那么地小心翼翼,生怕一不留神踩空了摔下来。起初,我以为他怕伤了小东西们。榆树皮比较粗糙,暗灰色。就像大伯的风衣。大伯在村子里的藏书最多,谁也比不上。偷看一眼,我的脸就像冬天里的火炉一样发烫,发红。大伯的家在小刚家院子的后面,隔了一片小树林,隔了一片坟地。

老榆树在高家的一户人家,他是大伯的堂弟。小麻雀就是从老榆树上掏下来的,小刚是功臣,是我们的英雄!小民一门心思地讨好他,拍他的马屁。我只是有点儿惊喜,有点儿惊讶!多么可爱的小精灵呀!褐色的小东西,褐色比粉色好,至少不会让我抬不起头,尽管后来我爱上了粉色。它的小嘴似乎被蜂蜡染上的,又黄又有光泽。它的喉部是灰色的。雄雌是不好分的,我们也懒得去分。把这个难题交给未来的自然老师吧!或者留给那些生物学家吧!

小麻雀不会飞,想必它出生还没几天吧。它的妈妈真狠心,居然丢下它独自逃了。我自以为是这样。它的兄弟姐妹呢。后来听大伯说,这个鸟窝在我们之前已经遭到了三次袭击了。哦,可怜的麻雀们!是我错怪了它们。

小刚从树上往下滑,快到底部的时候,纵身一跃,落在荠菜和茵陈的领地上。四平八稳,骄傲地摆了个姿势。小民脸上堆着笑,凑

了过去说，"真厉害，真不是吹牛皮的！"

这时，小刚从怀里摸出了小麻雀，小家伙探出了头，惊奇地看了看四周。小民凑了过去，用手摸了摸小脑袋上的茸毛，他恨不得想用舌头去舔一舔，像哈巴狗一样。我继续观察大自然最勤劳的搬运工——蚂蚁！偶尔，我瞥一下小生命。我的脸有一点儿泛红。为我以后阅读老舍的《小麻雀》埋下伏笔。为我以后欣赏屠格涅夫的《麻雀》抛砖引玉。

小刚捧着它，一溜烟地小跑到胡同的南头，小民紧跟其后，有点儿跟跟跄跄的。我像个木头人，慢条斯理地追了过去。绕过一堵矮墙，墙上已有了绿意有了小草的痕迹。我总是慢动作，怪不得大伯笑我笨。有时候，小民还学我，像"慢动作重播"！

我们躲在老楸树下，恐怕被大人们发现，发现我们的"不务正业"！我们在玩鸟，在模仿从老村长屋里扯下来的报纸上的虐鸟图。那个人真狠，我们为他感到耻辱。又为他感到高兴，特别地兴奋。那个年代，麻雀被误认为是害虫。搞得它们无处藏身，都是月亮惹的祸啊。

老楸树的南边是个老宅。老宅是个四合院。院子里有什么，我不知道，我只是有点儿好奇。阴森森的，怪吓人的。等有时间我得去探险。平日里母亲是不允许的。树下常常有老鸹枕头。这个，母亲也不允许捡的。听老辈人讲，捡它是不吉利的！我信了她们的话，因为我老实。

我是个老实人，这个就连善男信女们都知道，就连椿树上的花大姐都知道，就连田野里的狗尾巴草和猫耳朵草都知道，就连小溪里的水呆子和田螺都知道，更不用说会计的小儿子了。他不和我玩。因为他的亲爹会算计。吃亏不得。不是说什么人和什么人在一起吗？他是什么人？未来的会计，子承父业啊！其实，他不过是一个小组的记账员而已。可是，在当时，权大得不得了。分地、分粮、分煤泥、分花鲢鱼，等等。他可以暗箱操作，他可以缺斤短两，他可以有偏有向，他可以——感到羞愧吗？

可是小刚跟我玩，他说我是文曲星下凡。只是我的法力丧失了。我比二郎神还厉害，我的眉宇之间也有一颗天眼，实际上是颗痣——美人痣！我可不敢高攀，比得上哮天犬就挺不错了。我总是知足，或许知足常乐的缘故吧。脑子总是不开窍，活像榆木疙瘩。这与我喜欢吃榆钱有没有关系。

榆钱，是花还是果？绿绿的，煞是喜人，好看，好吃！我充当了一回吃货，那时候肚子饿啊。哪有什么零食，主食也没有什么花样。窝窝头，玉米糊糊，煎饼，老三样呗。白菜都是稀罕物，特别是阳春三月。肚子里的油水早已被搜刮干净。那时的大人也不知羞不羞，小孩都饿得前胸贴后背了。父亲卷旱烟抽，学我的干爷爷。吧嗒吧嗒，从天黑到天明！我知道，他在发愁。他恨自己大字不识几个。没有好好上学。其实不是他的错，那时都这样，在我们乡下。这也是父亲为什么一直供我上学的原因。尽管后来很曲折，我仍然完成了学业。榆钱是我喜欢的另一个颜色。

榆钱大多是小刚爬树摘的。我去哪小刚就跟着去哪，小刚去哪小民就跟着去哪，好比小刚是我的跟屁虫，小民是小刚的跟屁虫。我站在老榆树下抬头看———一片绿色的云，一层一层的，真美！想必哪个神仙姐姐忘了收晾在衣架上的连衣裙了，绿色的那件。我总是想入非非，总是发呆，像个木瓜。一片云落下来，落在我的肩上，一排排榆钱花，引得我心花怒放了。左手拿着云，右手捋着云，放进早已迫不及待的嘴里，贪婪地咀嚼着。榆钱也迫不及待地在我的嘴里释放出清香，让我有一点儿醉的感觉，让我有一点儿飘，轻飘飘地，像踩了棉花糖，像拥抱了云朵。

这种感觉真好！比小姑的疼爱还让我感到幸福，比妈妈的棉袄还让我感到温暖，比苇姐的冰糖还让我感到甜美。可是好景不长。因为我们在长大，我不想长大。尽管我比较笨。我还没有找到答案。

胡同里的小孩子，我们三个的关系最好，最铁，甚至可以为对方两肋插刀。看上去小刚最聪明，他的头发少，这样的脑袋不长毛，这样的土地不长草。不是看上去，好像有人不服似的。老少爷们儿

反正是这样认为的！我是公认的老实人。说白了就是傻。当初，我还引以为豪。好多书上都在赞扬呢。我和书结缘，大抵受了大伯的影响。他有一屋子的书籍。只是我极少去他那儿，我得绕过六个胡同，越过三条泥泞小路，穿过一片小树林，才能看见满院子的香椿树，才能看见漂亮的芦花大公鸡，才能看见白花花的银子，坟地上的那种。特别是清明节前后，到处可见。还有新添的坟上，常有的。因为大伯院子的西边就是一片坟场，有几个姓的。有点儿乱，像乱坟场。想必没人争吧，如果争，我都替他们脸红，羞耻。

实际上小民也是一个老实人。只是我小时候长得又白又胖，惹人喜爱罢了。大家没怎么看好他，后来的事证明大家的眼光是雪亮雪亮的。他做的那些事啊，不提还好，我都替他抬不起头来，一种叫"耻"的东西在我的脸上爬——痒！

不说他了。他应该出现在我的小说里。

还是小刚好。不是因为他听我的指挥，我又不是将军。他可以赴汤蹈火，为我，也为别人。你看他，二话不说，爬上了老榆树，捋榆钱。我们在下面捡，不亦乐乎。你看，掏鸟窝。不仅仅是好奇，还有一种油然而生的自豪感！从报纸上看的。人可以战胜一切。上刀山下火海，上天可以揽日月，下海可以……还有一些误导，说麻雀是害虫。有些人恬不知耻，有些人幸灾乐祸，有些人啊——

掏鸟窝不是我指挥的，我对鸟没研究，只对蚂蚁有兴趣。小刚把小麻雀虐待了一番，小民跟着起哄似的笑。我发现了一只天牛，长长的触角，斑马线似的。啪的一声，被小民踩死了。我本想发怒，不料，他朝我做了个鬼脸说，"小奎，它……它……它是害……害……害虫！"我摸了摸发烫的胸口，平静了下来。好吧，反正我对天牛没有什么好感。

忽然刮来一阵风，幸好没有沙，也没有灰尘，我的眼睛还是有点儿不舒服。谁能想到二十年后这里雾霾漫天。谁能想到三十年后我会离开这里！至少胡同里的左邻右舍不会相信，理发店的老板不会相信，还有喝酒醉死的大伯不会相信，甚至我的父亲母亲也不会相信——他们笑话我不知天高地厚，一个书呆子。十年后的我，一阵风把我吹醒了。这时，我才发现小麻雀不见了。原来，小刚趁我一不留神，把它捏死了，连着把一个老鸹枕头扔了。扔到了炸油条的那家了，那家的人常常不在家。那家有五个闺女，总想第六个是个小子。天天在躲。不像我的家，兄弟俩。俺爹对高家的祖先，总是感恩戴德。高家的坟又冒青烟了。算命先生说我好比老鼠拉木锨——大头在后边。我不信骗人的话，可后来证实了他的话有两下子。

可是，我太老实了。好比现在的怯懦，他总是这样评价我。我的心里像蒙了一块遮羞布。从胡同口的江叔的大嫂围裙上扯下的一块，红色的，泛着油花。胡同口有一棵大梧桐树。树的背面对着江叔的大门口。江叔教我们玩弹球。我们迷了一段时间。直到上完小学，我们依旧对它念念不忘。江叔学着算命先生的样子给我们每人算了一卦。说小刚前世是猴，来生是老虎；说小民前世是猪，来生是狗熊；说我前世是稻草人，来生是萤火虫。信以为真！还说小刚若生在唐朝那是李世民的命。至少是程咬金的那种，至少有三个媳妇。后边这句话，差点儿害死了他。小刚从奶奶家偷了一小瓶香油，拿给了江叔。他居然没有一点儿羞愧，真是迷信的奇耻。

不知不觉小学结束了。

我和小民上了南屯中学。小刚辍学了。我和小民不在一个班。渐渐地疏远了——我真成了书呆子。天天抱着书，把头埋在书堆里，我闻到了书香，如饥似渴。从初一到初三，我就像一个书生，书里的女鬼也会诱惑我，可是对我没用。雷打不动，我在知识的海洋里兼收并蓄。待我十八，吸其精华，去其糟粕。我有一颗羞耻的心。

后来，小民也辍学了。

不久，小刚出事了。

小刚能有什么事。我想。我猜。我有点儿无地自容。我的天，好几年没见他了。我在做什么，他在做什么，我居然一无所知。我成了木头人。我从一种傻瓜变成了另一种傻瓜。从不学无术到好好学习，从摇头晃脑到天天向上，从七八岁到十五六岁，我在哪里？我是

说真实的我在哪里？我不知道！

　　幸亏遇见了鲁迅先生。从彷徨到呐喊，从野草到药，从百草园到三味书屋，从社戏到故乡，还有还有。先生是弃医从文的，后来的我是弃文从医。我一直信奉先生的。绝不怀疑他的精神。后来的我走上了写作这条路，与先生的鞭策是分不开的。他的每一个字都有他的意义，都有他的精神。

　　据说，小刚也喜欢读书。不过是一些杂书。类似于社会上流行的那种，带一点儿色彩。听说，先是从大伯那借的，接着是拿，后来是偷，再后来好像抢了。这小子有点儿鬼迷心窍了。以至于做了一点儿出格的事。我怎么也不会想到。以至于我惊愕不已！

　　他摸了江婶的奶子。这家伙，脑子进水了。也难怪，江婶虽不貌美如花，但也有点儿姿色，至少丰乳肥臀。难怪小刚想入非非。我们进入了青春期。他比我早熟。其实，我暗恋过一个女生。直到现在也没有向她表白。不像他，先下手为强似的。江婶开了一家熟食店。大伯说她从公公手里抢回来的。

　　那是过了端午节的第三天，小刚去找小民的路上，遇见了章白银。是在一个胡同，小脚胡同。我是这样叫的，暗地里。这个胡同里住着一个小脚女人，脚跟外婆的一般大小，有三寸。好比金莲。她家的大门总是关着。那个年代的那几年，大门是敞开的。至少我家是那样。大门是杨树枝和柳条捆绑在一起的，后来换成了梧桐树做成的板。再后来是铁大门，紧闭了。现在想想，还是那时候的风气纯净。不像现在，到处雾霾漫天。回到小时候，尽情地呼吸吧！我们胡同的大门，十有八九是打开的。满园春色关不住的。只有小脚女人的大门关着。章白银是什么东西，可以进入她的小家。后来，章白银真成了东西，成了气候。听大伯说，小脚女人是个寡妇，小寡妇。说到"小"时，他的眼里闪过一丝绿光。他还说，不怕贼偷，就怕贼惦记。章白银惦记她不是一天两天了。先是骚扰，慢慢地演变成引诱，再后来变成了施舍。她得养活自己。毕竟男人这么多年没回来，是死还是活，只是个猜测。章白银的胆子真够大的。他就不怕遇见户主吗？尽管他已腰缠万贯，但钱不是万能的。他是吃了熊心豹子胆了。小刚碰见了他，他瞪了小刚一眼，扬长而去。

不料，小刚拐出胡同的一刹那，头碰到了两个软绵绵的物件。等他醒过神来，才知道自己闯了祸。江婶用油晃晃的手指着他的鼻子说，你摸我了。"没……没……"小刚结结巴巴地说。"没什么没？"江婶不容他辩解。这几年，他变成了闰土一般了。见了我，总是喊"奎叔回来了！"远没有过去的机灵。像犯了错的人在自责。他的心里还是有一点儿窃喜。他想起了书上的一些画面，自己幻想了一次艳遇。

怎么办？

怎么办呢。小刚感到了一种耻。从未有过的。

"怎么办？"小刚嘟噜了一句。

"怎么办！"她把马尾似的头发往后一甩说，"看着办！"

"哦……"小刚明白似的往回跑了。

到了傍晚，西沉的太阳吝啬地收了它最后的光芒，收了它对人间的施舍。小刚潜入大伯后面的那家——轻车熟路地揣了一样东西，心不慌气不喘地走了出来。直奔江叔家了。

远远地，闻到了一种异香。那时的我们怎么会知道，那是大烟壳的作用。更不知它的毒害。我记得欧阳家的菜地里在麦熟季节开了一种好美的花，一大片。我们欢呼雀跃过，我们想摘又不舍得摘，我们没想过它就是大烟壳的花。种了几年，我忘了。只记得有一次，镇上来了几个人，给铲除了。小民的老爸还被游了一次街。脖子上挂了牌子，上面用粉笔，让方立春老师写的。写了几个字，我忘了。给他留点儿情面吧，小民哭得这么凶，一塌糊涂。他感到了委屈，从此耻在他的心里埋下了种子。小刚把一个盐水瓶从怀里掏出来，像掏鸟窝似的，放在江嫂的熟食锅里。她翻了一下白眼，又抛了一个媚眼，小刚有点儿招架不住了，夹着尾巴灰溜溜地走了。它是一瓶香油，金黄的。打开瓶塞，芝麻的特香扑面而来。一瓶可以换三只芦花大公鸡。老刀酿得最香！这是司马家的秘方。老刀是小刚的爷爷。

作坊就在大伯家的后面。最初在我们胡同口。不知什么缘故搬走了。

有一个秘密，我们一直守口如瓶。我们盟过誓言的。江叔说我们三个就像三个草包。这句话，我们一直耿耿于怀。

贫穷不是我们的专利。谁不想出人头地？我们在努力，不论结果怎样。直到三十年后，我依旧在努力。从白马河走出来，走向护驾山。一种耻一直在我的左右，鞭策我，提醒我，保佑我，不忘初心。

那是一个夏日，我们去割猪草。小刚在前面追蜻蜓，我用镰刀碰地上的小石子，黑色的，闪闪发光。直到上完初中才知道，它是一种外来物。从村子北方的北方刮来的，从一个叫小东章站的地方刮来。村子东修了火车道，我们的菜园没了。过了几年，又修了八道铁路。我们的果园没了。又过了好几年，电厂建成了。我们的土地少了。不知道有些人会不会脸红。后来，地又塌陷了一些，成了湖。我给它起了一个好听的名字——莫愁湖。用不了几年，我们的田地可以开发成湿地了。子孙后代怎么办？我们村子从明朝就有了。说不定哪天说没就没了。小民在后面提篮子。三个竹篮，六头猪的加餐。猪草，芦苇荡附近的最肥。我们不约而同地选择了战场，却有一个私心。芦苇荡多么诱人，里面藏了数也数不清的秘密。听大伯说，有古墓，有水鬼，有裸奔的美人鱼，有猫头鹰，还有魔镜……我们蹑手蹑脚地钻进去，轻轻地拨开翠绿的苇叶，听见了潺潺的流水声……哦，一条小溪呈现在我们的眼前，这时，我真想作诗一首。或者尖叫。只可惜，我的脚还没有迈进文学的大门。床前明月光，这句有点儿不合时宜。恐怕李白没有钻过这片芦苇荡。我们继续向前，有被人故意践踏的空地。小民去小解，忽然向我们挥手，我们抢了过去，以为他遇到了危险——啊，天哪！有人在扯江婶的裙子。扭捏了一会儿，两个人亲热了起来。羞得我们偷偷地撤了下来。狗日的芦苇，狗日的花都被狗败坏了。那个畜生看着有点儿眼熟，我们没有细看，就钻出来了。我们知道，江叔的头上有了一顶绿色的帽子，我们开心，手舞足蹈。谁让他看不起人呢。

那次猪草割得特别少，挨了大人的训斥，但我们感到了光荣，有了秘密。我们在长大。我们各奔东西。我们自心里总是怪父母没给我取一个好名字。姓高，这个万万改不得。发是辈分，改了，我怕先人们将来不让我入高家林。听爷爷讲，我们的老家在望云。一个很美的地方。单是名字就美得让我陶醉。站在白马河最高处望南望，我仿佛望见有一位先生向我招手。还有白云飘飘，难得的净土。夜晚的时候，还能看到一些光，一轮明月。有点儿像鲁南的月光。我想是的，只有在望见云的地方，才能看见这么美的月光。

奎，星，二十八星宿之一。主宰天下文运的大吉星。挺好的。可我不太爱说话，若当初起个莫言的名字，说不准也会获个大奖。或者随奶奶的姓，姓陈，取为默。或者随太奶奶的姓，毕，叫嘴。这些在我们这有点儿不切实际。重男轻女，随父不随母。毕竟姓高。幸亏出生于孟子故里，又做了一个美丽的梦。就叫高梦吧。不以为耻。不以物喜，不以己悲。奎与亏同音，发奎，有点发亏的味儿。有一段时间，我一直不顺。或许与这有关吧。尽管有点儿牵强附会，但多少有点儿。小刚的名字就不错。司马刚砸缸。司马光也砸过缸。至少是名人之后啊。小民的也行。欧阳民，多少与大文豪欧阳修扯上关系。

我感到了耻。我的文学之路是曲折的！我的人生之路也不是一帆风顺的！甚至我的爱情之路也不是铺满了鲜花。我喜欢上了徐志摩，读他的诗，我也有我的烦忧。还有林徽因，你是人间的四月天！我不懂他们的心，却渴望他们的爱。于是，我开始写诗。听过一千零一夜的故事，我写了一千零一首的小诗。

小刚死了。得到这个消息，我的泪哗哗地往下掉，就像新安江的水一样汹涌。那时，我还在黄山求学。是小民写信告诉我的。他是卧得轨。手里还握着海子的诗集。真巧，海子也是卧得轨。等我从黄山坐火车回到了邹城，回到了故乡，小刚早已入土。入土为安吧。小民怯生生地附在我的耳边说："真奇怪，他死的那个黄昏，有成千上万只小鸟落在铁轨上。"莫非那只小麻雀轮回了，我不信。我不迷信。但是，一种耻在挠我的心！有好长一段时间，我不在写诗。

因为他,也为它,赎罪。

这才发现故乡发生了天翻地覆的变化。

高家的老榆树不见了!

院前的大楸树也没了!

只有白马河还在,永不停息地流着——只要白马河还在,我的乡愁就有寄托!只要还有一颗善良的心,只要还有一点羞耻,我们就有希望!

明天,我要为小麻雀写一首诗。

笑

梦里笑出声来。

小丫头笑了。

小丫头掩着嘴笑了。每每读许地山的文章,总有一股暖暖的东西在心窝流动。每每夜深人静的时候,总会想起一段青春的故事,闪闪发光。每每做白日梦的时候,总会想起小丫头的笑。

日月如梭。光阴似箭!

总以为游戏人间,我那么得意的笑是一种洒脱。总以为笑里藏刀,我曾经附和的笑有点儿同流合污。总以为趾高气扬,我那么标新立异的冷酷的笑。笑陪我长大,笑让我成熟。

香港回家了,我也回家了。

七月,真好! 天空不再空了。理想却落了空。七月疯狂,我偏偏痴狂;七月赤裸,我偏偏自己关自己的禁闭;七月骚动不安,我偏偏编席做梦。运气好的话,还可以梦见小丫头。

小丫头是我最后一个初三的同学。小丫头穿一身石榴裙,在阳光下,晃晃地,霎时耀眼。她和粉是闺密。她是我的后桌。我坐在全班第二排,学习尖子的宝座。我们班是全校的重点班。升学率全靠它。班主任姓吴,带了我三届。校长姓胡,老家是我们村的。毕业后,我才摸清的。

再见了,中学时代。再见了,开怀大笑的青春。再见了,谈笑风生的白发先生。再见了,嫣然一笑的漂亮女生。再见了,小丫头。再见了,粉。

粉总是喊小丫头为"石榴姐"。粉是我喜欢的颜色。粉是我暗恋的女生。没有人知道,连风也没得到风声。暗恋了一年又一年,比桂

花的暗香还持久，还悠远。那时的我，极其自卑，又谦虚。不是说谦虚使人进步吗？不像鹏那么自高自大，左臂上刺了个"鹰"，像个雕。他崇拜神雕侠侣中的杨大侠。他甚至也希望有个姑娘也把他的胳膊砍掉，这样就可以浪迹江湖。好去寻找他的"姑姑"。小丫头取笑他，"这辈子没戏了！"

似乎伤了他的自尊心，他在教室后面的大柳树下抹鼻子呢，好比七岁的"小蝌蚪找不到妈妈了"。

我感到了从未有过的快感！那快乐，好比雪花的快乐——飘飘洒洒。那快乐，好比小草的快乐——手舞足蹈。那快乐，又好比阳光的快乐——春回大地。我快乐着，有了伤口也不痛，只要你别在上面撒盐就好。只要粉开心就好。只要粉一笑，我的心就跳。

对于爱，我是愚钝的。对于梦，我是清晰的。班花对我的示好，我总是视而不见。不冷不热，她不过相中我的学习成绩。三年了，闭上眼睛，也能蒙对。男才女貌，在我这是没有砝码的。门当户对，不过是封建残余。我把这推翻掉，重新来过。推到一堵墙或许我得费九牛二虎之力了，或者用梦里的降龙十八掌吧。管它呢，推倒就好。没了障碍，从此可以一马平川了。爱，也是这个理！

小丫头，每天都笑嘻嘻的。我们的友谊与日俱增。一见她就笑，笑有一种魔力，让我有一种想靠近的冲动！友谊的小船在美丽的白马河上快乐地划呀划！太阳照在白马河上——就连天上的星星都为它点灯。我们成了好朋友，包括粉。青春真美！青春万岁！理解万岁！都说毕业遥遥无期，转眼啊——各奔东西。

晚自习后，我们便分手。有的同学留校，有的同学朝东走，我朝西走——小丫头也向西走。起初，我们没有一块走。我和七个仙女一块回村的。我们班有点儿阴盛阳衰，我自然而然地成了"香饽饽"。我们村只有八个学子在上重点班。这不，我就成了护花使者。

中秋节过后，夜渐渐地凉了。不知不觉地，我们分成了两伙。有的性子急，不愿意多等一会儿，就先走了。幸亏从南中到故下的治安比先前好多了。严打收到了意想不到的效果。我也就放心了。

小丫头的身上有股奇异的香味。好像大豆发芽时释放的芬芳。我想探个究竟,学学福尔摩斯。

有一天,我尾随在她后面,像做贼似的。跟着他进了南屯商场,绕过服装区,经过水果摊,临近蔬菜区的时候,她停了下来,还向四周看了看,幸好我背对着她,没被发现。她在一个女人的大缸前忙了起来。大缸上堆满了黄豆芽,旁边还有一个小缸,却堆满了绿豆芽。她围上了围裙。哦,小市民啊。我的心为之一颤。一个想法萌芽了。我决定略尽绵薄之力——爱上她。有点儿荒谬,可那时却有一种当了英雄的感觉。爱,又不是买卖。

喜欢,就得行动。我经过近三个月的纠结,开始了我的阴谋。曹操不啰嗦,我却拖泥带水。偷偷地看了粉一眼,我的笑无法往脸上堆。愧疚,愧对于她。明明爱的是她,却黑白颠倒。明明心中有她,却漠不关心。装,装吧,装到十八年后。

阳历年那天,我把一张贺卡塞进了小丫头的桌洞里。里面含蓄地写着一种爱。直到今天,我都想不起来写了些什么?直到今天我们也没有见面。真是年少无知啊!我可没有杨过的幸运,十六年后又找到了小龙女。一不小心伤了她的心,她哭了。她把这拿给我的同桌看,分析,等等。我的同桌正热火朝大地恋爱呢。大,我犯错了。我本想帮她一把,谁料偷鸡不成反蚀一把米。郁郁寡欢了几天,她再也不理我了。我没有纠缠她,出乎她们的意料。其实,我的心中只有粉。只是没有人知道,风也保守了秘密。

过了三天,她又笑了。有说有笑,和她的后桌——后来我的同桌的同桌。打打闹闹,他们好上了。他叫蝈蝈。不知是谁出了个馊主意,声东击西。听说,后来没有好聚好散。从一而终的人少了。

毕业了,真好!五星红旗在香港的上空迎风飘扬,到处都洋溢着欢快的笑声。

毕业了,总是想起小丫头的笑。

隔了两个月,我下江南了。喜报传来,我考上了南方的一所学校。坐上火车,一路向南。背上行囊,踏上求学的路。从兖州到南京,

里梦外

过长江大桥，心情澎湃，一路高歌；从南京到黄山，钻了几个隧道，毛骨悚然，心里打鼓敲锣。脸上只有一个表情——笑！我乐啊！我像一只关在笼子里的小鸟，冲了出来，我飞。

下了车，有人接。一大群人来迎接，好像自己成了朕。转乘了大巴，专车接送，好比来了贵宾。一路上往外看，稀奇啊——都说江南出美女，我怎么没看到啊。没关系，我乐呵呵的，我兴奋啊。后来才晓得，这离乾隆皇帝的江南还差"十万八千里"呢。这与戴望舒的雨巷也差了不少呢。我也希望遇见一个丁香一样的姑娘。我的心怦怦直跳！

进了校园，豁然开朗。鸟瞰它，就像个大翡翠。实际上是一个小丘陵。里里外外种满了树，四季常青。马尾松居多。从灰色铁栅栏大门望上望，又有点儿鸟巢的味道，一步一个脚印地往前走，大约三百步。后来，我细细地查过。果真三百步。走着走着，我就笑了。我喜欢笑，发自内心地喜悦。笑是人的天性！魔鬼夺不去的。

向南，有一面墙，石头墙。上面爬满了迎春花，风一吹，远远地看——墙来了！春天最美的。我去的时候是秋天，也别有一番滋味。墙的东北角是斑驳的校友亭，红色的漆明显的剥落了。似乎说些什么。亭的南面七米处有一块功德碑。密密麻麻的字，不得不让我赞叹不已。四周全是松树。延伸到南山，包围着一大片空地，这就是足球场了。好像是黄山一带最大的足球场。我没有验证，没有时间，亦没有兴趣。从足球场上去，你猜到了吗？——大礼堂。四周有暗香袭人的栀子花。白色的，像她的名字，像她的笑。不远处，有大食堂。再向西走，"爱情公寓"到了。那时还没有这么开放，毕竟这里是小城，山城。男女住宿楼而已。两旁是深山含笑。南方独有的花树。我个人认为的。就连花树都喜欢笑，我们又有什么理由不笑呢。生活是一首歌。生活是一条河。故乡的白马河，或者这里的新安江。再向西，是很深很深的沟。落日的地方是茶园。毛峰和毛尖，就产于此。后来，我才晓得。

向北，有一个塘。你可以看到"荷塘月色"。塘里有一个白色的

雕塑，一个美少女手捧一本书，聚精会神地读呢。岸上还有三个蘑菇亭。又是我喜欢的白色。我这下——笑逐颜开哩！还有三棵"处在深闺人不知"的红杉树。据说能活两千年，象征着学校久远。友谊天长地久。再向北，弯弯曲曲的小桥流水，如果徐志摩见了，恐怕又会写一首《又别康桥》了吧。水氹绿，有金鱼游来游去，鱼戏浮莲。悠然自乐。神仙也比不得。沿着小径通向幽处，绕过家属楼，向西折去，有一条路向下走，通往新安江。向上通向深山含笑的那条路。江边，鹅卵石遍地都是。对岸是屯溪老街的外围了。撑船过江，进城近了不少路。而我偏偏走小路，寻找诗人诗中的小巷。

寻找人间的四月天。我在。我思故我在。我想。我想你了。默。沉默。我不想沉默。一个岛锁住一个人。我的学校更像一个岛，现在想想。它锁了我四年。四年的青春，四年的清纯，四年的梦，四年的笑。你在哪里？你是我的人间四月天！

高家终于可以扬眉吐气了。那年，人人都说我毕业以后就是多少级的干部。我才不稀罕呢。我只是牵挂她。她留了一级，继续在南中等待。等待桃花朵朵开——

我在林校兴奋了三天三夜，好比夜店的人跳了三天三夜。尽管后来林校没了，我还是忘不了……一点一滴。轻轻地我来了，我还会悄悄地回去。回故乡，故乡有我牵挂的人。故乡的白马河一直是我的牵挂。还有那只蟋蟀，跳来跳去，从乡村跳进城市，从小窗跳到小床，从灯光跳入月色里……从孟子故里跳到黄山林校。跳进我的梦里。小心地呵护。小心翼翼地微笑。小心地写信。

那些年，还可以写信。不像现在，写微信发朋友圈。信，写信，我搭上了写信的末班车。和粉通了几次信，就断了。信里，除了鼓励就是支持。没有暗语。没有隐藏。没有隐藏的翅膀。我又不是天使！只有天使的爱，上帝的爱，普普通通的爱，平平淡淡的情。傻瓜都看得出来，聪明的你——怪不怪时光太匆匆！

风。起风了。风吹来的沙，迷了我的眼。泪。一滴泪。不是我可以控制的棋子。落下来。我的同学们开始出场了。四十五个兄弟

姐妹是一家，来自五湖四海。以后我会一一介绍的。

印象最深的是——我想了半天也没有想出来！一个一个影子跳了出来，一张一张面孔笑着飘来，是惜春探春迎春元春吗？还是秋风秋花秋雪秋月吗？其实，女生不过十五人。和南中时的正好相反。毕竟学林的少，特别是女生更是少得可怜。

班主任姓潘。戴一副镶金的眼镜，颇有气质。米黄色的裙子，乳白色的皮鞋，健康的指甲上没有涂指甲油，口红也没有搽，腮有一点儿微红，像饮了一杯米酒。那时候，红酒还没有流行呢。"自我介绍一下，潘杉杉。属鸡。处女座。"介绍的时候，脸上挂着笑。第一印象挺好的，比陈老夫子好上一千倍。陈老师极少笑的，对笑都那么吝啬，更何况对我们呢。不过，他的阴阳怪气的笑对我倒是一种鞭策，使我获了三个大奖。反而，我要感激他。就像后来，我要谢谢潘老师一样。我给她留下的印象也不错，第一次啊。

一不小心，我被选为班宣传委员。一不小心爱上她，我的天啊！众里寻她千百度，灯火阑珊处——我找到了吃米线的两个公主。太快了，中间的故事很长很长。等在《默》里再娓娓道来。

我喜欢笑。喜欢笑的一切。喜欢笑一切。嬉皮笑脸，傻乎乎地笑，一不小心我变成了"傻大哥"。不仅本班的这样叫，邻班的也跟着叫；不仅本专业的这样，外专业的也这样；不仅本校的，还有茶校的——不仅大小姐这样大方地叫，小丫头也机灵地叫。我依然笑。

真奇怪！我们好像在哪里见过？我居然喜欢足球，我一双臭大脚。我的臭袜子熏到了前来偷食的小松鼠。寝室的门连着的走廊，阴暗湿冷，通往一片小山。山上大多是松树，树上有松鼠。常有小松鼠来串门。

真好！周六周日不上课，清闲得很。现在的清闲注定未来的忙碌。后来，都被一步一步地验证了。忙里偷闲，写下这些小文。忙得连梦都少了。连笑都少了。偶尔笑笑，路人都会指手画脚，看——傻子！我是爱情的盲者。需要一盏灯。照亮路，也指引路人。

小丫头笑了！

　　小丫头已经换了笑颜。南中的她,终究没再见面。听说去了北京,继续卖豆芽。成了豆芽西施。屯溪的她,才出场就叫我喊停了。以后再说,以后的以后,别忘了笑啊。

　　笑,我做梦了!想爱不能爱可以梦梦,想见不能见也可以梦梦——我梦你时,你在天边;我想你时,云离我很近;我看你时,你在照片中;你的微笑,甜蜜的笑……我的心一动,情就痛!

　　粉。粉黛。粉红色的回忆。

　　笑。深笑。难忘的深山含笑。

　　有了感觉,我还是选择沉默——笑吧,最好笑掉大牙!

默

默。沉默。脉脉不得语。

寞。寂寞。寂寞梧桐深院锁清秋。

粉。粉黛。三千粉黛无颜色,回头一笑百媚生。

莫莫莫。错错错。

粉在春天里。粉在兴隆塔下。粉在少陵台上。粉在梦里水乡。粉在孟子故里。粉在唐王湖旁。粉在白马河边。粉在蔚蓝色的信件中。粉在吐鲁番的葡萄里。粉在北方。而我在江南。

我在欢声笑语里徜徉。明媚的春光,没落的老街,没关系,反正我有大把的青春。如鱼得水,我像一条跳出龙门的金鱼,活蹦乱跳。原来,天这么高地这么厚! 我跳。我游。我乐。挡也挡不住地花样年华,抢也抢不走的春风得意,哭也哭不回来的真情实感!我在。还好,我还在。

我在新安江的画卷里。我在宋元明清的屯溪老街上。我在戴震公园中。我在滚滚的东逝水外。我在茫茫的西江月下。奇松怪石云海温泉,在我的脑海;人参貂皮鹿茸乌拉草,在我的脑外。聪明的脑袋不长草。愚钝的我,与草息息相关。

草,最耐得住寂寞。故乡的灰灰菜,悄悄地从悄悄地松软的田地中探出头来——春天来了。白马河的拉拉蒿,轻轻地从轻轻地解冻的裸土里伸出手来——春风来了。护驾山的蒲公英,静静地从静静地滋润的岩石缝露出脚来——春雨来了。我愿意做一株小草!可是胡校长教导我们要做一棵大树!我也想。可是我恐怕要负了他的好意。我不过是一棵灰灰菜,离开了一亩二分田。大家都在疯长。我却在思考。我学着写一些东西。比如爱情。粉不理我。她不懂我的风情。我的风情万种。爱，不是南柯一梦！爱，不是来无影去无踪。爱是什么？爱是你我！爱，需要你来捕风捉影。爱需要你。可是，我是一棵拉拉蒿。暗恋而已。用吴老师的话说，"癞蛤蟆想吃天鹅肉哩！"她这么说，有据可依的。粉，来自不远的小城。我，就是她口中喋喋不休的"泥腿子"。可是，我想飞。像蒲公英一样飞！让种子飞……

故乡已是秋天。我跨越万水千山，飞向徽州大地。

徽州已改为黄山。我在。我来了——屯溪！我的一九九七年！误入一个人间仙境——林校。东面稽灵山，西面茶园，南面南山，北面新安江。山上松树丛生，松针簇簇。小路时隐时现，曲曲折折。有坟墓，吸引探险者的眼球。我们一行七人曾三次前来探索。第一次是我们宿舍的五个公子哥和两个湘妹子一起来的，听说有五步蛇，我们全副武装。头戴米黄色的草帽，鞋上套上笋白色的棉袜，特制的。那时候是深秋，既紧张又兴奋，大家出了不少汗。老杨同志说，"这里应该建个公园！""鬼才来呢？"小白脸怯生生地疑问。仔细看，坟墓真不少！风一吹，心里都有点儿发毛。不会是我的前世约了我吧，我又来了第二次。湘妹子说什么也不来了，那一次回去后，其中一个做了噩梦。第二次，川妹子加入了我们的队伍。她俩觉着刺激，听"忽悠大王"说的。再说，她们是老乡。时节算得上晚秋了。有松针落下来。转悠了半天，也没新的发现。只是下山的时候，感觉有一个坟墓干净了许多。小白脸蹿过去，捡了一张黄纸。定睛一看，颇像纸钱。原来这里也有这风俗。"迷信的借口！"老黄插了一句。迷信和风俗是不同的，我本想辩解。不料，一根松针迷了眼睛。默。

初冬。这里的冬天比济南的冬天暖和得多，安静得多。校园里的树大多不落叶。只有实验楼西侧的老槐树早在深秋时，就落了。神不知鬼不觉的，让我感慨了几日。老槐树与我老家胡同里的那棵，有点儿神似！我常到那儿看书，泰戈尔的散文诗。试着写了小说，我总是南辕北辙。明明诗兴大发，偏偏写一些冷静的小说。徐志

摩的诗,也读一些。林徽因和陆小曼的故事,渐渐地读了一些,有点儿偏见。还有可怜的张幼仪。可悲的封建礼教。可恨的世俗眼光。哦,傲慢的女人,我也喜欢。悲情的女人,我也爱。理智的女人,同样爱。这,似乎有点儿滥情。不同于我,不同于我的专一。爱你的爱,崇拜你的崇拜。爱你,我更喜欢沉默。

志摩是蝴蝶。

我看见有蝴蝶在诗的天空下飞。两只蝴蝶,那么的自由,那么的甜蜜,那么的不离不弃。亲爱的,请慢慢飞——小心哦,偶尔投影在你的波心有一片云。我不知道风是往哪个方向吹——是那一低头的温柔,是那翡冷翠的一夜,还是济南的开山……

去吧,去吧,我喜欢静静!

去吧,去吧,我喜欢梦梦!

默。不是摩。摩却永久地默了。这是一个懦怯的世界,这是姝姝的世界,这是小丫头的世界!小丫头的真名就叫苏姝姝。叫起来好像叔叔叔呢。我才懒得叫呢。大家都笑着喊我为"傻大哥"。可不是傻大个。我比乔丹差远了。也比乔峰差远了。也比不上乔公,人家有大乔小乔两个绝色女儿。只是看上去有点儿傻,幸好那时候不流行侮辱人。不流行出口成章。

摩。再见了!

一处相思,两地闲愁。再见了,让我们相约九八。粉在她的象牙塔里,左手画方,右手画圆。我在我的烦忧里,左脑想粉,右脑想影。影是梦的影子。影是想象出来的幻觉。应是后来的故事,有影。先前的只是虚境。好比红楼梦一般。可是忧愁来了。先藏在心里,纠结——大战三百回合之后,溜了出来。

相隔十万八千里,我和粉。一个天涯,一个海角,远吗?天荒地老都不怕,还怕这十万八千里?我和志摩还隔着更远的距离,生与死的距离。俗人与诗人的距离。他来扬子江边买一把莲蓬,我来新安江边捡一把鹅卵石——莲子可以有它的苦,石子怎懂我的忧?

默。我学会了默。在这个冬季,在这个故乡已经下了三场雪的冬季,我学会沉默。假装冷漠。冷酷开始流行。冷酷到底。小东西也在装。装,可以吸引别人的注意。至少可以引起小丫头的好奇。一个小东西有什么可装的。小小的年纪,小小的心,小小的眼,小小的名字。他姓杨,字小小。小丫头是安庆人,黄梅戏的故乡。小东西也是安庆人,"万里长江此封喉,吴楚封疆第一州。"

冬日的太阳,温暖了我。真想飞奔而去。哪怕燃烧,也去拥抱太阳。教学楼的南面是一片绿地。四周围了一圈小叶白杨,一种常绿灌木。听大老乡说,每年愚人节前后便会开出淡绿色的小花。我甚是向往。那该是一种什么样的美景啊!

校园的主干道,教学楼的南面有两排威武的塔松,好像护林的战士,雷打不动。我的手中仍然捧着志摩的诗集。最美的还是那首《再别康桥》。那时的我是矛盾的。一是太兴奋,所谓的金榜题名不过是虚名而已,只是当局者迷;二是太沉默,所谓的沉默是只不过是借口罢了,未必旁观者清。喜欢他的诗,不见得钟情他的风月。但他的才情,我是羡慕的。但我也不会极端地崇拜。唯一崇拜的人在南中就已经根深蒂固了,他就是常常来我的文章里做客的鲁迅先生。我想放歌——

"但我不能放歌,悄悄是别离的笙箫;夏虫也为我沉默,沉默是今晚的康桥!"南中啊,一别一百八十天了。垂柳啊,已经完全地赤裸了。北风啊,继续吹——怎么也吹不到这江南的小镇。粉在孟庙与孟府之间的青石板上来回地漫步,似乎在想着什么,等着什么。不会是想我了吧!纵使想我,我也飞不回去,我又没有翅膀。纵使有翅膀,我也分不清云和雾,我又没有太阳。纵使我有太阳,我恐怕自己也灰飞烟灭了,永久地沉默了。况且,我的贪婪还不像蛇,我可不想吞大象。我只是有点儿想她。默想。我坐在绿地上,享受着冬日的暖阳温暖的抚摸。

小丫头来了。打扰了我的清修,我的美梦。"傻大哥,发什么呆啊?"天空飘来八个字,我打了一个哈欠。我怎么睡了,还迷糊了。缓缓神,一看,太阳跑到宿舍楼上去了。大约下午三点了,幸好是周

六,不然又要挨班长的白眼了。班长姓白,来自白鹿原。一个黑乎乎的陕西汉子。后来,女生私底下议论他像刘德华。我还傻乎乎地问:"哪个刘德华?""大哥,天王啊!"小东西不知从哪里钻了出来!只有她和老杨同志喊我大哥不带傻字。我无所谓。名字只是个记号。称呼与绰号,可以等量交换。又不想美名扬。这样,更亲近一些。"小丫头来了!"我们也这样叫她。她欢喜得不得了。

"哎哟!还徐志摩呢?"一惊一乍。

"嘿!"

"黑夜给了我黑色的眼睛,我却用它寻找光明——"小丫头诗人似的,一本正经地抒情。

"这不是他的,这是顾城的。"我本想辩解,转念一想——管它呢。心里嘀咕了一下。

"傻大哥,把你的也晒一晒——"

"我!"

"有了感觉,我还是选择沉默——"小丫头不知从哪儿看到了我的涂鸦。

"嗯!"我居然不知所措,不知从何说起。

"她好幸福哩!好好羡慕哟!"

"她,不存在——"我欲言又止,是啊,她是谁?我陷入了沉思。

"再见,大诗人!"小丫头走了。空中飘走五个字。

我喜欢粉色。从小就有恋粉情结。我喜欢沉默。从小就沉默不语。父亲不太喜欢我,尽管我是他的长子。他有点儿木讷,或许不希望他的后人像他那么没出息吧。我像老榆木疙瘩。不,我不是不爱说话!我怕说错。我更喜欢思考。我思故我在。我想粉。我想粉的温柔,光的温柔,丝的温柔,水的温柔,眼神的温柔,声音的温柔,心的温柔。

寸寸柔肠,盈盈粉泪。

有多少粉泪流成了学校后面的江河啊。一路女贞树护驾,我来到了江边。千奇百态的鹅卵石,比比皆是。清澈的江水从西向东流,流向我没去过的地方。水清得可以洗菜,水清得可以浣衣,水清得可以濯足……江的对岸,便是小城的郊外。站在无名的草上,可以望见小龙山。山下有龙山寺。龙山寺是徽州的风水宝地,拜访者络绎不绝。据说主殿前有一口大钟,为武则天所建。远远地望,山更喜欢缄默。

后来,我们一起去膜拜,一起去焚香,一起去许愿!

一起去的有小丫头,有穿粉红色衣服的阿朱和阿紫,还有忽悠大王和黄果树,以及老杨同志。那时的我们真天真。说走就走,看看外面,用脚量一量新安江有多长。爬山,玩水,野炊,逛街。没有秘密,没有嫉妒,没有恨。大家愿意跟着我一起活动,信任我,这和我的脸有关。算命先生说我,天方地圆,天庭饱满。我不信那一套,我只信科学。不过,我的确长了一张憨厚的脸。憨有憨福。一颗痣默默地守着两条龙似的眉毛。如果长在女人脸上,那便是"美人痣"了。

沿着江边,向东去,经过一片菜地,又穿过几个小巷,绕来绕去绕出去了。通向一条较宽阔的大路,路两边矗立着高大的鹅掌楸树。片片叶子像大鹅的掌。又像马褂。秋天,叶色金黄,像一个个黄马褂。花大而美丽。它的花季恰是屯溪的雨季,盛开的花就像雨中的郁金香。我向它们敬礼,默默地守着脚下的大地。它的美,高高在上。只怪我的手不够长够不着它的花,我想摘一朵送给她。只好默默地记在心里。谁也休想截去它的美。

除了光头强。

往西走三百步,就能看到墙上的镏金大字。它可是陈毅元帅的题词啊。我还特意在那儿留了个影。搬家的时候,估计弄丢了。校大门的南侧有两间平房,里面住着两个祁门的人。一个大胡子,估计四五十岁。一个长者,六七十岁。听说,有一个盲人。我猜。我才不猜呢。

阿朱和阿紫,让我沉默了一年。关于她们的故事,以后再提。

在稽灵山与校园的围墙之间有一些水塘,零零散散的。我常常

看到有大水牛在对着山发呆,莫非它懂大山的寂寞。水塘,被老农插秧,就变成了绿源。这里的人们很勤劳。尽管我听不懂他们的方言,单单从他们的笑脸上,就猜出——幸福来敲门了。后来,我有一种冲动——也想插秧。这可是最无污染的稻米啊!

　　勿以恶小而为之,勿以善小而不为。

　　差一步就成了天之骄子。和我在一起,你会闷坏的。我在探索盲人为什么夜里也点灯。聪明的你,请告诉我——

　　聪明的你,时间太匆匆,请你告诉我——怎么留住它。

　　匆匆的你,从我的沉默里溜走!

花

本不想写花的。

这几日,有点儿飘,有点儿心花怒放了。

春暖花开。春江水暖鸭先知,故乡已是春天! 白马河上游的雪融了又融,流了下来;下游的白杨树剪了又剪,发了新芽。有谁为我抚摸一下白杨树上的名字——小奎小梦。小奎已经长大,名字也大了起来;小梦还在远处,名字却亮了起来。有谁为我触摸一回白马河里的精灵——小鱼小虾。小鱼已经明白,离了水无法回头;小虾是否理解,回头是岸彼岸花。

母亲把迎春花搬了出来,放在院子里的阳光下,黄金似的小花,颇有气质。它是我养了五年的宝贝。它可以冰天雪地里含苞待放,含情脉脉。等火红的灯笼挂起来,等艳红的对联贴起来,等朱红的炮仗点起来,它就睁开了眼,整个世界便醒了。

腊月十九,我背着一牛仔包的"名著",从火车站走回了家。嘴里还哼着任贤齐的《心太软》,那时天蒙蒙亮。急着回家,又没有公交车,黑出租又不做我的生意,知道是穷学生一个,理都不理我。我约莫着摸回了回家的路,回了被雪铺盖的村庄。过了八道铁路,又过了八道铁轨,迎见了迎我的爹娘,"名人"被我丢一旁,一把抱起了母亲,泪流满面。怎么回的家进的屋,我全忘了。倒在床上就睡了,没心没肺地睡了,睡了三天三夜。说了一大堆大家听不懂的胡话,估计是我受了屯溪方言的影响。

醒了,便忙了起来。一是写七八家的对子,这都是父亲答应人家的;二是走三五家亲戚,这却是母亲应允的;三是想见一见粉,这

是我的想法。至于读《茶花女》是不可能的,想必小仲马不会生我的气吧。左拉的《小酒店》,我是去不了了。陌生的女人请不要给我写信,我可不是一个作家。我还小,不想长大!

我是母亲温室里的花朵。是吗?我还有花骨朵儿的梦吗?

不得已,我得启程。过了元宵佳节,从邹城火车站出发——一路向南。在南京中转,转向黄山。我坐的是"普快",九八年还没有"动车"。路过固镇,车停了一会儿,从窗口买了一袋煎饺,真好吃啊,或许是饿的缘故。至今回味着,再也吃不上那儿的煎饺了。第二年那几个大婶模样的女人就见不着了。或许与影响城市形象有关。她们预测我下海了。从一个海到另一个海,城市套路深,赶紧回农村。因为黄山,所以黄山站很漂亮!因为漂亮,所以羞答答地闪躲。因为闪躲,所以玫瑰很浪漫。因为浪漫,所以萌发了爱情。因为爱情,所以我回来了。

恰巧校友亭的北面有几株迎春花,还在开。知道我来似的,开的特别欢。我来得也早,这样校园就静了许多。大多这几天到校。逛逛呗,闲着也是闲着。我希望逢着她。一个丁香一样的姑娘。粉在我沉默的海底沉默着。我无法化身一条固执的鱼。我得读书,继续读书。外公早就预测到我是一个书呆子。母亲也这样说过。一个手无缚鸡之力的书生。难道是宁采臣转世?那,那,我的聂小倩在哪里?

花花公子,和花公子是不同的。莫泊桑和花无缺,谁是谁非谁心里都明白。我既没有作家的文采,又没有大侠的武功。贵妇人和我无关,美少女和我也无关。我不是郭靖,我遇不见黄蓉。我有靖哥哥的憨厚,却没他的运气。江南七怪是他的老师,我的老师可不是江南七怪。

江南好,风景如画!山清水秀,不是山重水复;莺歌燕舞,不是柳暗花明。

站在校园的中央,伸开双臂,深呼吸——暗香袭来,沁人心脾。紫荆花开了。粉红色的花,形如兰花状。其实,它从年前就已经盛开，一直可以开到五月。它的身上有兰花的味道。老黄的身上有烟草的味道。谁的身上有香水味，香水有毒！

老黄是我很铁的兄弟。和老杨差一点儿就拜了，差一点儿就桃园三结义，再续三国传奇。老黄的家乡有黄果树大瀑布，怪不得他的名字也叫这个呢。我们三个站在一起，老黄最黑，老杨最白。白脸的曹操，黑脸的张飞，红脸的关羽，哈哈！历史和小说是不同的。我们三个在同一个宿舍，有一个共同的爱好——踢球。那时的我们还信誓旦旦——中国队，加油！踢进世界杯。莫非等我们三个呢。一个前锋，一个中场，一个后卫，我的天——梦想很丰满啊！脸皮真不薄啊！

惊蛰。杜鹃花开了。啥时候的事。我们并没有较真。稽灵山与南山之间的矮山被红色染遍了。传说是一种鸟啼血染成的。杜鹃花的美让我有点儿眩晕。让我眩晕的还有吹毛求疵的小东西。起初，总是跟着我。自从和小丫头分组以后，我便甩掉他这个尾巴了。

甩掉尾巴，心里反而有点儿不快。没有啤酒，没有面包，没有二十四小时的热水，没有粉红色的连衣裙，没有莞尔的浅笑，没有艳遇，没有昙花一现的爱情，没有琼瑶式的拥抱，没有金庸笔下的王语嫣，没有大理的风光，没有独孤求败的剑，没有牧童遥指杏花村……借问酒家——何处有？连牧童都没有。书童也没呢。连个小尾巴，都没了。

天，一会儿寒，一会儿暖，一会儿晴，一会儿雨。莫非快到清明了。我离家一个月了，不知故乡的紫花地丁开了没有？不知闲置在西厢房的"纸鸢"是否还有人想起——放飞吧，借风扶摇直上。也不知花大姐怎么样了。也不知白马河上的杏花变没变颜色，由红而粉，由粉而白。借风捎去我的祝福吧！春节前后最适合祝福啦。空气中到处飘着吉祥如意。飘着爱的味道。飘着笑。

小丫头笑了。

小丫头从我们的窗前飘过。像含笑的深山含笑花。老黄迫不及待地朝下看——你懂得！"一二三"，阿朱和阿紫一前一后地走来，

一样的粉红。不仅身上的运动服一样,就连脸上的晕都一样,好比抹了腮红。阿朱背了米色的背包,阿紫背了金色的背包,我总是从背影来分辨她俩。我怀疑视力又下降了。看样子,老黄有想法。关我何事!我想听听——他嘴里可吐出象牙来——看看有啥金点子。

女人如花。未成熟的,更是含苞待放的花。每一个女子便是不同的花,如玫瑰,似百合,若水仙,像玉兰,是牡丹,同茉莉,等等。各有各的美。

清明到了。我想起了雨巷诗人。一记耳光,结束了长达八年的苦恋。得之,我幸;不得,我命!徐志摩说的颇有道理。恐怕戴望舒不是这么想的。想当初追求施蛰存的妹妹施绛年时,估计使了浑身的解数,甚至跳楼相逼。最后,不也是两手空空吗。但他的雨巷特美。迷了我的心智。一段时间,自己沉寂在雨巷的梦境里。希望遇见一个丁香一样的姑娘!甚至,我把稽灵山路往东北的一段误当成了雨巷。每个周末,我都会去找感觉。偶尔会下雨,可从未遇见一个撑着油纸伞的姑娘。

我也有忧郁的一面。但我从不悲伤。我不想暴露自己的弱点。不想流眼泪。我的眼泪早已流成了河,干了。为了故乡的人们,我继续探索。我想尝试,那些未知和已知。忧心忡忡,忧国忧民,我没那么伟大,但我想过。你的嘲笑,你们的嘲笑,如洪水滚滚而来!淹没我,嘘!我的思想开了小花。你瞧!

说好一起野炊的,我绝不能食言。尽管我还有更重要的事要去做,比如像福尔摩斯探案集里的那样探一探实验楼的地下室,比如捉鬼,比如设计下一期的黑板报。作为新生,第一期黑板报在全校比赛中获得第三名。可喜可贺!潘老师送给我们每人一枝杜鹃花,我们报以雷鸣般的掌声感谢她。她可是带着朝露去摘的,千挑万选的,因为花期快过了。后来,我一直想找机会送给她一朵花,一朵茉莉花。可是,一直是个遗憾!其实,我对她从未有过记恨。只是被旁观者误会了。

去野炊的一共八个人,去江边,好比"八仙过海"。老黄和泡泡糖负责捡柴禾,老杨和大妹子去购买猪肉和粉条,我去菜园里选青菜,阿朱和阿紫负责淘米做饭,洗刷的重任交给了迟到五分钟的小丫头。

炊烟冉冉升起。太阳徐徐落下。老黄拿起包花生米的纸,扇起了烟。袅袅娜娜的,像一个害羞的少女。

"看我的芭蕉扇!"泡泡糖扯起不知啥时扯的棕榈叶,朝西方扇去。"看,太阳没了吧!"

"我去——"老黄不屑地说:"毒日头下山了!"

"回家了。"大妹子接了一句。

"还早呢。"天暗了下来,西天有一颗星露出了眼。

"不,太阳回娘家了!"大妹子跟了一句。

"我想,我想——"老黄顿了一下,"我想作诗一首!"

"好!"大妹子鼓了一下掌。于是,大家鼓起掌来。

"黑夜给了我黑色的眼睛,我却用它来寻找光明——"老黄一本正经的抒情。

"真棒!"大妹子羡慕的目光在他身上来回地逡巡,好像想攫取点儿什么。我不想破坏大家的兴致,那诗是顾城的。

"我也会!"泡泡糖不甘示弱。"啊! 江上明月光,不是地上霜;举杯来痛饮,低头想爹娘。"

大家沉默了。阿紫转过身,莫非想我们的乔大帮主吗? 胡乱猜疑,此阿紫非彼阿紫。阿朱也转过身去,陪着。夜空中的星星多了,这些小精灵们,趁我们不注意出来散散心吗? 一眨一眨,多像她的眼睛。怎么忽然想起她?

清明过后是谷雨。

布谷鸟来了。陪你一起去看牡丹吧,上菏泽或者下洛阳。自言自语惯了,哪有同路者? 窝在床上看会儿书吧,郁达夫的小说值得我一读。"像花而又不是花的那种落蕊……烂熟的春光,带来了沉酣的和热,流露在钱塘江的绿波影里……"

春风沉醉的晚上。我也醉了。花太香。我迷上了她的发香。有

一种茉莉的味道。仿佛有一种魔力的吸引！在这个春夜里，在这个纯净的校园里，在这个天使也来凑热闹的时刻，我的心花开始怒放了。阿朱翩翩而来，像昆明的花蝴蝶。我的心随之一颤。左手抖了一下，书里的便笺滑了下来，落在半旧的蓝色床单上。星星之火在我的心里开始跳跃，如果暖风吹来，便可以燎原了。

是她！确诊无误了。我的心里仿佛有成千上万只小蚂蚁在开运动会，什么都有。想必就是恋爱的感觉吧，我不能完全相信。也许是面子的缘故。我没有说。我喜欢听杨钰莹的"我不想说"，好像只有有情人才懂。

爱是深深的喜欢！好像我对她只是一种浅浅的爱！好像是一种独在异乡为异客的孤独感——好像是一种同病相怜，又好像是一种叶公好龙似的爱屋及乌。我矛盾了。坠入了自己编织的网中无法自拔。我喜欢粉色的东西。这与我小时候的一个梦有关。

屯溪的天气很奇怪，对一个来自北方的人来说。明明响晴的天，雨说下就下，不和花儿商量，也不和我说一声，三次被淋成落汤鸡，真是没有道理！这样说来，当之无愧的"傻大哥"！

阿朱和阿紫形影不离，好比她是她的影子。那时候，还没有闺密一词，或者有还没有流行起来。但是"同志"之风却悄悄地刮起来。尽管这样，可是我们的校园比较偏僻，风被山挡住了力道，影响甚微。但还是起了点儿波浪，无风不起浪嘛！

约会。笑话！我堂堂一个——啥呀。我本想说大诗人，总觉着不妥；想改为君子，又因"君子剑"岳不群给抹了黑；再说他也不用约会了，练了辟邪剑谱男不男女不女的。我还没有真正的约会，真可惜！但我读了许多许多的名著。乐他们之乐，忧他们之忧！情感，不能太偏见；傲慢之后，可有理智。冲动，冲动就有惩罚。冲动有时候是魔鬼。我可以的，我可以克制自己的情感。我有"文曲星"保佑，小鬼近不了身。黑白无常也奈何不了我。可是不久，黑白无常索走了她的命。

世上本没有鬼。说的人多了，便有了鬼的虚构。大多是心鬼。

哼，心中有鬼罢了。我自然不信鬼神之说。至于后来逢年过节烧点儿纸钱，只是一种传统。一点儿纪念而已。人不能忘祖先啊！

世上本没有路，走的人多了，也就成了路。多好，让我们走出一条路，不要畏头畏尾，勇于创新，探索未知——欢迎大家参加"大新"登山队。队长是我，副队是老杨，老黄是后勤，泡泡糖是啦啦队。

野炊归野炊，探险属探险。花是花，草是草。花花世界，花的天堂。

转眼间，五一到了。到处都是花的海洋。本该回一趟家，只因茶校的来挑战。忽悠先生对战茶校的校草，跟着来的三位美少女，可是校花级的保镖啊！又是花。到处都是花，关于花的故事太多，甚至有点儿雷同。百花齐放，百家争鸣。好。聪明的你赶上了好时候，别得了便宜还卖乖。

这不，忽悠先生获胜了！我们送给他雷鸣般的掌声吧！校草像周瑜一样气得脸红脖子粗，怏怏不乐地"收兵"了。小乔初嫁。我们的心有了黄粱一梦的烦忧。

忽悠先生成了英雄。老黄不屑一顾地瞥了他一眼，哼着小曲挪开了八字步，朝食堂走去。

他有点儿小骄傲。在寝室里飘了起来。泡泡糖巴结似的用剪刀截了一米长的卫生纸，挂在忽悠先生的脖子上，活脱脱地"强哥"形象。倘若手里的香烟换成雪茄，更是上了一层楼！我继续读我的郁达夫。和我何干。和花何干。与冯程程何干。

飘吧，索性膨胀吧。膨胀成丁力一样胖，相扑一样更好！或者成热气球，在空中继续飘，飘洋过海。去看看上海滩。看看东方明珠。看看我留在上海站的一句话——夜上海，夜夜夜夜。

花。花姑娘。卖花的姑娘。卖丁香花的姑娘。哪来的茶花女？哪来的雨巷？哪来的诗人？哪来的思念？

小丫头在她的笑里睡了！

大妹子是一株硕大的黑牡丹。我知道，黄玫瑰在我的小说里——我在别人的日记里。

梦里的花开了！

悔

清明节快到了。

应该写一点儿清明祭的文章了。

怀念一些人。

其实,怀念的人越少越好,这证明认识的人都还活着。活着多好! 活着真好! 顽强地活着,像一棵胡杨那样! 我希望每一个人都能长命百岁! 可是我的希望常常落空。上帝很少眷恋我,甚至从未有过。况且我也不信奉上帝。但我倒想真有天使。

天使是有的。白衣天使,我认识几个。绿衣天使,也晓得几个。黑衣的,我固执地认为是魔鬼了。我不以貌取人,却以衣为喜好了。这些天使,医院里应该不少吧。我极少去医院的,小时候是这样,长大了也这样,现在依然如此。我不是讨厌它,而是害怕它。

我记得我的干爹就是从医院走的。

一个人应该有几个爹才幸福。我不知道。答案在风中飘。幸与不幸,只有自己知道。我有三个,你有几个? 一个父亲,一个干爹,一个岳父。父亲是老实巴交的一个农民。平时说话不大漂亮,不会拐弯抹角。冬天冻死人,夏天伤死人。我也比较木讷,极少与他交流。读了朱自清的散文,我的心久久不能平静。我从来没有注意过父亲的背影。父亲对我的爱,我总是视而不见! 我的心不自觉地抖了一下。鼻子有一点儿酸。父亲这几年在济宁生活,他帮我的二弟看管仓库。我们极少见面了。除了老家有什么红白喜事,他才会风尘仆仆地赶来。而我又待在邹城市里,纵使红白喜事我也难得回老家一趟。见面的次数屈指可数。恐怕只有过年的时候吧。然而过年,左邻右舍的婶婶叔叔们都来串门，好不热闹。这使我和父亲独处的时间极少。我有一点内疚，有一种想流泪的冲动。这几年，我学会了控制情感。泪始终没有落下来。男儿有泪不轻弹嘛！

只有一次我流泪了。

干爹是一个工人，南屯煤矿的大工人。那时候，村里的泥腿子颇羡慕他的。可以有肉吃。但我不喜欢吃肉，也就不以为然。我喜欢吃肉炒豆角里的豆角。我喜欢吃辣椒炒肉里的辣椒。我喜欢吃红烧肉里的葱花。难道我也是一个素食主义者。应该不是。或许家里不常有肉吧。那个年代，那个家家可以不关大门的年代。我的少年时代，我的木偶时代。

干爹总是喜欢模仿柴大官人乐善好施。这一点，好多人不如他。可是，他爱喝酒。他的狐朋狗友特多。他的肝一点一点地受了伤害。但是他不知道。他只知道热情。来者不拒，喝喝喝，"人生得意须尽欢，莫使金樽空对月"。干干干，醉醉醉。管它三七二十一。一醉解千愁！来吧，酒逢知己千杯少。来吧，大老虎。打老虎，打苍蝇，打一切牛鬼蛇神。

可是，天妒英才。

干爹住院了。从矿医院转到矿务局总医院，又到济南的大医院。转来转去，又转到了矿医院。这好像也能证明地球是圆的。我拨弄着地球仪，想找一下故下村的位置。可惜没有。那白马河一定有吧，找了半天，还是没有。那邹县呢。或者邹城。那孟子呢，那可是亚圣啊。也没吗？可是全世界都在学孟子。干爹没有学。以后学吧。可是没有时间了。一头强壮的牛。

你看看——一头牛怎样瘦成了一只羊。是酒，是假酒吗？不是，若是或许能逃过一劫。我的干爹走了。没说一句话。知道我木讷。我见他的最后一面，是在一间洁白的房间里，墙上有好多云。后来，我想。他一定是驾云远去的。也许化成了云。化成云还可以看看我，看我怎样长大，怎样考上学，怎样变聪明……所以我不学喝酒。

我后悔自己为什么不给他讲我的一篇作品获奖了。我的嘴笨，

可是我的心不笨啊！而且很软。就在埋他的那一瞬间，我的眼泪如谷雨时节柳叶上的雨水，簌簌地落。

关于干爹的记忆，最深的是我上初一的那个春节。我记得，大年三十晚上，他让我的干弟弟送来一身西装。我激动不已，头一回有了西服。以后就不愁媳妇了。他放下西服就走了。我乐得合不拢嘴。穿穿看，原来我也这么臭美。不过大了三个号。都怪我长得瘦小。大年初一那天，我硬是穿着去拜年了。本家的爷爷笑话我。裤腿被我磕头磕黑了，裤脚被我踩脏了。一个婶婶还问，小奎，谁买的？哈哈，我……我……我，我半天没蹦出个谁。回到家，我就脱了西服。从此再也没穿。后来，就让二弟风光了一把。

现在想想，有点儿悔。

悔，特别是对我的奶奶。

奶奶是不幸的。尽管每个人有每个人的不幸，同样每个人的幸福也是不一样的，我这样认为！奶奶的一生似乎没过几天好日子。用悲惨来形容一点儿也不过分。至于世界，她生活在自己的世界里。不与人争，不与天斗。好像奶奶极少下坡种地。年轻的时候，她的婆婆不让下地。当了婆婆，儿媳妇又争着干。奶奶只负责做饭。她的手艺比刘仪伟的差一些。尽管我现在都没有吃过刘仪伟炒的菜，奶奶做的饭我吃得也不多，可是我怀念那一段快乐的时光。

奶奶生了五个孩子，却养了八个。

奶奶的一生经历了太多太多的痛苦，比如丧女之痛，比如失子之伤。

有一段时间，我误会了奶奶。认为她不疼我。有一次，我发了个牢骚。被母亲听见了。

"小没良心的，你奶最疼你！"

"不可能！"

"小忘事精，你忘了……"

母亲的话让我醍醐灌顶。是的，是的，奶奶最疼我了。我是高家的长子长孙。全家八口人，除了自己都爱我。我是宝贝，我是传家宝,我是根。我是大树,我是将来。

然而,好多事我都忘了。我的记忆力太差,是吗?有时候昨天的事,今天就忘了。甚至上午的相约,下午就失约了。有时像刮过耳边风,没进耳朵里。走神了。走神,没关系;千万别看走眼。人和古董不同。有时又有一点儿雷同。表面光滑,内心啊——败絮其中!人要有良心,千万别做白眼狼。清明快到了,无论多忙,我一定去扫墓。一定去,我总是太忙。太忘事了。

奶奶,前天我们一行十九人去城东了。樱桃花下,寻美张庄。作协和摄协的同行,去了上石磨岭,遇见了一个老太太。她那么认真地捡些什么。小院子那么干净,别致。不同于城市里。阳台上晒了一些蒲公英,干芸豆,小红豆,还有我叫不上名字的一种野菜。多好,没有污染,没有添加,没有居心叵测。我真想跪在她面前,喊一声:奶奶!久违的称呼,久违的心安。除去了浮躁,多好!

奶奶,我想你了。

奶奶,你有没有偷偷地来看过我们。

阴阳相隔啊,一个在地上,一个又在地下。

有一种记忆忘也忘不掉,比如抓电。也唯独抓电的事记忆犹新。也可能是我唯一的记忆。那时我还没上学。年龄大约五六岁。记不确切了。

隐隐约约记得,刚下完一场小雨。大街上比较潮湿,有些地方比较滑,有些地方隐藏着苔藓之类的生物。那时候的房子比较破旧,草房居多。瓦房如星星点点般散落在各处。有的房子后面矗立着一根桐木似的电线杆,那时还没有水泥电线杆呢。那时也没有现在的灰尘,天空干净的如贝加尔湖的湖面。空气清新,到处可以嗅到紫丁香的香气。这个功劳非马虎大妈不可。这可是她花了一年的光景栽成的。一到春天,有人家栽树,有人家种地,而她偏偏种花。

我比较笨。奶奶总是带我在大街上玩耍。说是玩耍,实际上是我自己跟自己玩。她和别的老女人拉呱。无外乎东家长西家短的,我懒得听。和我无关。偶尔会提到我。无外乎说一些白白胖胖的恭

维话。不过,那时候我的确很白。好比刚出锅的馒头,或者像剥了壳的熟鸡蛋。不但白,而且还有弹性。白里透红,别人一夸我,小脸就变红。

我特别的呆。从小就看得出我是一个书呆子。老人们说得一点不错,三岁看老。后来,我果真成了书呆子。

路上有毛驴车碾压的痕迹。想必倔强的夏立秋又出发了。这些日子是他郁闷的时间。赋闲在家。等着组织的召唤。这不,他每天赶着毛驴车环游白马河呢。真喜人!也笑人。

我发现电线杆上耷拉下来一小截线,跟着风摇摆。好奇得很,倘若做个风筝飞上天多好啊!于是,不由分说,伸手去抓。一抓,直打哆嗦。我的天,我被电老虎咬住了。这时,不远处的人发现了,惊呆了,比我还呆——愣住了。我在颤抖。天哪,我……我……我喊不出话。忽然一双大手握住了我的小手,忘了是掰开的,还是拽掉的了。我获救了。是奶奶。是她救了我一命。好在那个年代农村的电压不稳。谢谢那个年代的贫穷与落后。我只记得奶奶额头上的汗珠比蚕豆还大,嗒嗒地往下滴。想必她怕了。她搂了我好大一会儿。我有些惊吓,不知过了多久才反过神来。这不,直到现在我都害怕电。这也是我不大精通电脑的原因。别人都用电脑写作了,我还用手写。或许与我的恋旧情结有关。

还有一次,我不得不提。

也是奶奶救了我。

那是一个夏天,准确地说是一个暑假,我跟着小刚和小民一起去割猪草。村子北面有一片芦苇荡,野草横生。麦地与芦苇荡之间是塌陷坑。塌陷坑好像自然灾害,其实不是,它是地下的煤挖没了挖空了——久而久之地便塌了,进而有了水,有了鱼。一些良田也跟着塌陷了。一些井也被淹没了。找不到了。还有那些年,青了又黄黄了又青的草。还有那座埋了小民的老爷爷的坟墓。还有老黄牛的蹄印,以及大伯家的那只芦花鸡。

忘了是谁的主意。我们下坑。摸河蚌,摸田螺,摸呆子。呆子是一种小虾。在水里呆呆地晒太阳，真惬意！我也想。玩了一会儿，挽起来的裤腿湿了。干脆，脱了吧。小刚吆喝了一声。于是，三下五除二——脱了个精光。我也脱了。只是先往四周望了望，确定没人，才小心翼翼地脱成了酮体。赤裸裸！那时七八岁吧。不像现在的孩子一本正经的。那时候，比较纯朴。真诚。善良。我们会为一只失群的大雁而提心吊胆，会为一只折翅的蝴蝶而伤感，会为一株被蚜虫折磨的棉花而内疚。

游泳，我是外行。等他俩又到了水中央，我还在边上徘徊。我一着急，不知踩了什么，跌了一跤，想抓住什么，周围却什么也没有。眼看着我要被水淹没了，这时一只强有力的大手把我拽上了岸。又是奶奶。我喝了三口水。差一点变成了水鬼。我忘了，娘交代过，里面有水鬼。而且水鬼专抓白净的孩子。

到现在我也怕水。

到现在，我也后悔。为什么没有好好地孝顺奶奶？我之所以卖药，和奶奶有着千丝万缕的关系。我之所以开了店，也和她有关。为了她们能够买到药，有药可买，我又开了一家。

我的奶奶是因为病了，那种药又买不到，于是死了。那天清晨，奶奶下床穿鞋，坐在地上，再也没醒过来。难道这就是坐地成佛？难道上帝给我开了个玩笑？难道奶奶看着儿孙们都在家才离我们而去？她怕她死的时候三叔不在家，或者大孙子考上了学远走他乡，再或者二孙子工作忙，怕到时候赶不回来。

我的奶奶走了。有牵有挂地走了。她放不下我的两个堂弟和一个堂妹，因为他们早没了娘。在小堂弟刚刚满月的那一天，三婶选择了冲动，她不晓得冲动是魔鬼，魔鬼降临了这个不幸的家庭。奶奶一面与魔鬼斗，一面与困难斗。我这才明白老爸为什么总是偷偷地塞钱给奶奶。

我后悔啊！

写着写着，天亮了。昨夜忘了拉窗帘，尘世的灯火陪了我一夜，从我的书房可以看到电视塔，还有烈士陵园，以及朱山公墓。真是

梦里梦外

站得高看得远啊！我恐怕离地面得有一百米了。

蹑手蹑脚地走进卧室，她还在熟睡。我轻轻地把窗帘拉了一点缝，对面的护驾山上已经有人影在晃动。这几日，女儿太累了。嘘，就让她再睡会儿。说不准在做梦呢。前些天，她还叫嚷着没见过老奶奶呢。说不准这一会儿在梦里和老奶奶调皮呢。想到这里，我的心禁不住有点儿酸楚。泪在眼眶里直打转。

回到书房，大约八点了。休息一天吧，劝自己。我总认为世上没有累死的人。自从看了一些新闻报道，才了解还有过劳死。我的心又酸了。

窗外，飘着云。原来的白云变了颜色，就像变了脸的白马河。恐怕这几天要阴天了，甚至阴雨连绵。毕竟清明快到了。我不知道这次会不会失约！

我不想后悔变成永久的悔！

我的奶奶，你好吗？

风

不是所有的故事,都是捕风捉影的。

春天的风是多情的。从吹面不寒杨柳风,到忽如一夜春风来;从春风又绿江南岸,到桃花依旧笑春风;从东风拂槛露华浓,到东风无力百花残;从春到秋,从冬到夏;从一瞬到一生,从一夜到永恒……

春天的故事是温馨的。

春天不适合离别,哪怕是一首歌! 春天不适合怀念,哪怕是一首诗! 春天不适合静默,哪怕是一幅画! 春天不适合阿朱,春天里有风啊! 风一起,吹皱了新安江的一江春水,这一江春水继续向东流。继续传递春的消息,传到闭塞的山村,传到阿朱的故乡,最好传到阿朱的母亲的耳朵里。阿朱站在江边,好像一株挂满桃花的红豆杉。粉的颜色让我又想起了粉。她在演奏春天的乐章,她在兖州的桃李园里,她在离我三千里路的老地方,不知老地方的雨下了没有。春天不适合谈情说爱,伟大的抱负,远大的理想,还有看不清的前程——我憋着,一千个理由够不够,一千次地问!

一万次的寻觅,寻寻觅觅,冷冷清清,凄凄惨惨戚戚,这是初春的时节,这是泡泡糖的处境。不,是心境。有点儿难受,有点儿想哭。他的身上散发着一股小女人的体香,气的吉他手直哆嗦! 吉他手来自福建,弹得一手好吉他。我记得他是安溪的,那儿盛产铁观音茶。和黄山的格格不入。毛峰和毛尖,与众不同。风风火火的,吉他手申请调离了寝室,我们居然举手欢呼! 天哪,我们幸灾乐祸吗?吉他手名气太大,盖住了六君子的"威名"。况且,他调过来才三天。我们也

不喜欢他身上的怪味。据小道消息报道,他半年才洗一次澡。艺术家嘛。别大惊小怪的。我们羡慕他的才华,嫉妒他的女生缘,甚至恨他的艺术家习惯。衣服在他身上,和我们何干;三个月不换,又怎样?人家可是大艺术家啊。人家济公身上的灰搓成泥丸就成了救命的仙药,你行吗?不止一次地问自己,寻觅,找东西,借东风——

泡泡糖的经济出了点儿问题,我们猜测。还是谁听到了风声呢。单单从他的午餐就看得出,莫非他想减肥——的确,他应该好好地减一减了。水桶腰形容他一点儿都不过分。早饭,他好像也不吃了。搞不懂他在做什么,想什么,只知道他的情绪低落了好几天。午餐的菜已从贵族转成平民的标准了。"朱门酒肉臭,路有冻死骨。"老黄说,"风水轮流转,今年来我家。"老黄发了横财,老杨啧啧称赞!

斜风细雨。转眼到了谷雨。斜风细雨不须归。不醉不归。中专不是中转。好像又是中转站。从家到社会的那一段是我们最好的时光,最难以忘怀的。应该珍惜!从三点一线到三点一线,青春难道是用来重复的吗?青春不是万岁吗?理解万岁!不理解也就千岁吗?或者百岁。谁的青春活过百年?海子,顾城,还是戈麦?拜伦,雪莱,还是济慈?抑或是徐志摩,郁达夫,还有戴望舒。

他们都是有故事的人。

有故事的人才写得出故事。我算不算有故事的人,我会不会短命?天妒英才。可惜,我不是。我总是太笨,太笨。我总想笨鸟先飞——总因为勤能补拙!相信自己。好好活着。活着。

面朝大海,春暖花开。多好,多美,多暖。可是,他走了,很远很远——再也回不来了!

历史上有无数个今天,无数个今天凝聚成历史。请历史记住:每一个故事,每一个有故事的人。记不记住我没关系,请记住我的室友们。伟大的室友们。如果没有他们,我的青春就像没有风的花园。只有守口如瓶的秘密。只有我行我素的寂寞。

海子有海子的秘密。海子有海子的寂寞。海子有海子的孤独。

海子有海子的大海。有春天,有花,花开的声音,有声音在空气中跳跃,有甜蜜蜜,有你的笑,微微一笑,微微一笑很倾城。

阿朱,你是人间四月天!一笑,便露出一对可爱的小虎牙。我纠结了一个夏天。爱与不爱之间,我徘徊千万遍。

到了秋天,我暗送了秋波。菠菜太便宜,我的心泛滥成灾。进退两难,再熬一个冬,就解放了。因为我和老黄有一个君子协议——看看谁能笑到最后。我俩都有一个臭毛病——自作多情!他说,阿朱看我的眼神不对。阿华看他的脸目不转睛。真的假的啊!我怀疑他的真诚。当时,我的心有点儿乱。有点儿心花乱坠。还有一点,我在读徐志摩的书。我不知道风是往哪一个方向吹——

起风了!

春天,多风的;春风,多情的。我的黑夜比白天多,我的夜,多梦的。我的梦,紫色的。我总是自作多情。总是以为她的眼神传递过来的是情,我总是为别人着想,总怕负了别人。绝不能负了春光。大好时光,适合恋爱。更适合读书。

写一首诗,夹在她抱在怀里的"情深深雨蒙蒙"里。忍不住为她写诗,"有了感觉,我……"后面省略十八个字,你猜!

谷雨之前是清明。清明第六天,是个周末。我早早地起床,夹着从春秋书店买的《茶花女》,往教学楼奔去。里面夹着它,我的心里七上八下。一张书签,正面是一幅"在水一方"的图,反面是我写的两行字。既含蓄,又明了。一路小跑,有点儿目不暇接,紫荆花开了。出了点儿汗,真爽!那时候,连汗水都是香的,至少有青春的味道。待二十年后,恐怕连口气都不如从前清新了,至少不如从前那么芬芳了。想吻的冲动,恐怕也消失了吧。至于我会不会是个意外,以后再说。跑到教学楼下,推开半开的门,马不停蹄地爬吧,憋着一口气爬上了五楼。那时候,还没有电梯。从西向东数,第二个教室是我们的。我是一个箭步蹿过去的,那时候真厉害,年轻真好!像一阵风!这里的黎明静悄悄!教室里空无一人。我已不是一般的人,好像一个做了亏心事的精灵。在教室里飘!的确,轻飘飘的。偷梁换柱,把

书签换了。她喜欢的书,昨晚的晚自习忘收了。我已经侦察了好几个星期了,每到周末,她总是忘。或许她有别样的想法。

约好了一起行动,老黄却按兵不动。

闷!我比较闷。没想到老黄比我还闷。难道他的心思比我的还细。

默。我偏向于默。

可我喜欢风。帘卷西风,人比黄花瘦。李清照的寂寞,几人能懂。我也不懂,有时又会装懂。金风玉露一相逢,便胜却人间无数。还有我欲乘风归去,又恐琼楼玉宇,高处不胜寒。哎,我恐高,这辈子无法奔月了。玉兔妹妹和嫦娥姐姐,不要怪我失约了,不要在等我共饮桂花酒了。网上见吧!过了二三年,果真有了网络。有了网名,高处不胜寒啊!又有了网恋,和我无关。我笨。我比菜鸟还晚了三五年呢。还流行了一段时间的痞子蔡。

可是,我没有。

"如果我有一千万,我就能买一栋房子。……如果我有翅膀,我就能飞。……如果把整个太平洋的水倒出,也浇不熄我对你爱情的火焰。……"

我没有。一千万,我没有。我也不要。我可以为她写一千万个字,可是这个数太大,以至于我的纸张不够,我的鹅毛笔也供不应求。差一点儿又要"洛阳纸贵"。反正日子还长。从不担心时间,反正我有大把时光。倘若朱自清知晓的话,会不会埋怨我们不务正业。聪明的,你告诉我,我们的日子为什么一去不复返呢?——你不是很聪明吗?为什么也没抓住它?

匆匆太匆匆。匆匆的,我们红着脸,绝不红着眼。

阿紫来找我。我红了脸。她传给我一句话,黄昏时分江边见。幸好卷来一瓢风,解救了我的窘态。我的心里直打鼓。莫非——哦!她发现了,难道?

时光真慢。我躲在实验楼的一角,想重温一下《再别康桥》。轻轻的我走了,正如我悄悄的来——真希望这个时候,小丫头来扰乱。可是,她没有出现。想必她也有了她的烦忧。抬头望天,云淡风轻。啊!

啊!我想歌唱!我要赞美!我来了,春天。春风十里。春风十里扬州路,扬州路上舞文弄墨。毛笔搁置三年了,宣纸已打卷,只有墨香依旧。

一个人的寂寞,一个人的梦,好比旅行,只有风最懂!

香

单单是香城的香,三天三夜也说不完的。

2017年的春天注定是不平凡的!不仅仅是"邹东深呼吸,山乡慢生活"的踏青活动又一次拉开了序幕,也是春季赏花季的开端。从寻美张庄的樱桃花下,到葛炉山的桃花盛开;从溪湖的杏花争艳,到老龙湾的梨花诗会;个个让我目不暇接,汹涌澎湃。

单单老龙湾的梨花就是一道美丽的风景线。

"忽如一夜春风来,千树万树梨花开",岑参的诗,我脱口而出。柳色黄金嫩,梨花白雪香。李白的这首《宫中行乐》,也是对梨花的一种赞美,对春天的一种期望。

唐朝的诗人颇多,这折射出唐朝的繁荣。这不我也写点儿小诗,这说明我也处于太平盛世之中。我曾经向往唐朝,"谈笑有鸿儒,往来无白丁";我曾经感慨万分,"感时花溅泪,恨别鸟惊心";我曾经登上狼舞山,试着一览纵山小。这不来到香城就不想走了。

老龙湾的梨花开了。

"梨花诗会,你都没有去——你怎么知道的,净骗人!"女儿佯装生气地嘟囔着。

"朋友圈啊!"说完,我有点儿后悔。这几日,为了让女儿不沉迷于手机里的游戏,保护好心灵的窗户——眼睛,我们约法三章——谁也不能摸手机。为了这,我还特意把孙继泉主席赠送我的《田野童话》一书,吩咐要她看。

4月2日那天,天气特别好。我赋闲在家,其实是我向老婆大人请了个假。若不然会梨花带雨的。那天我在赶稿,《作家报》的吴宝华主编计划为我出一本诗集。

老龙湾的梨花诗会，我没有去，多少都是一种遗憾！我的诗写得比较奇怪，女儿嫌弃得很。

我嗅到梨花的香了。春风十里，又何止十里，我看足足有百里千里。

花香跟着春风朝我涌来。幸亏我的小窗是敞开着的。一下子，就醉了。李白总是嫌我不胜酒力，醉了醉了，我美了美了。我的心提前到了老龙湾，这为我近日的动身埋下了伏笔。

女儿读孙主席的书，入了迷。读好书，真的可以戒掉手机的瘾啊，甚至可以戒掉毒瘾呢。劝君更尽一杯酒的同时，可以劝君多读好书。多好。

小丫头笑了。

"笑什么呢，小丫头？"

"月亮一出，深色的天幕就淡去了，就像主角的出场让我们忽略了背景……"这个小丫头居然读出了声，真美！我又一次醉了。

"老爹，你什么时候也写出像孙伯伯那样美的文章啊？"小丫头质疑地问我。

"我……我……我……"我支吾了半天，汗从脸上淌了下来，"明天有雨，看这天青色——"天色为我解了围。

天青色等烟雨，而我在等同行者——一起去看梨花雨！

花香满屋，是梨花的芬芳。

梨花开了。香城香了。

燕子来时新社，梨花开后清明。

转眼间，清明到了。清明时节雨纷纷，不错的，我待在店里值班，看小雨纷纷。进城出城的车明显地少了，来来往往的行人急急忙忙地回家，一会儿的工夫，街静了。也好，这倒是便宜了我——独享这雨景！卜庄转盘上的五棵法国梧桐树，兀自站立着，像默哀的士兵。走进离我最近的一棵小树，你可以听到它的心跳，大地的声音。

滴答！滴答！滴答！

我的心有一点儿乱。想起了奶奶，想起了百岁老梨树，我想到奶奶的坟地上上一炷香，我想到老梨树的梨园里系一个红丝带。奶奶在世的时候，曾经对我说："小奎，有时间去香城——老龙湾——看看那棵老梨树可好！"

我依稀还记得奶奶临走的头一天晚上说过，真香哩！我知道，她又做她的梨花梦了。关于奶奶与梨花的故事，以后再说给大家听。

"玉容寂寞泪阑干，梨花一枝春带雨。"这滴答滴答的小雨，像斯琴高娃作为朗读者流下来的眼泪，像白马河旁的白杨树上的叶子收集的露珠，像西故村成为废墟后破灭的泡沫……

我有点儿担心，有点儿忐忑不安了。

幸好雨停了。我听见了鸟语，花香也再一次吸引着我——我有点儿迫不及待了。看到张呈明老师发的朋友圈，我更加跃跃欲试——想和梨花近距离地接触。后来又读到路建锋老师的诗歌《春天到老龙湾看梨花》，我更加地坐立不安了，走，走，去老龙湾看梨花！

本来和济南的文友约好了，一起去看梨花。也来个相约写作，向庄生小乔等学习。可惜，他家事缠身取消了这次采风。我有一点儿失落，可是一想到梨花的白，梨花的雅，我的兴奋点又提高了几个。

梨花淡白柳深青，柳絮飞时花满城。

香也满城。

一路高歌。一路心花怒放。香城，我来了！老龙湾，我来了！梨花，我来了！

啊！梨花！如静女。如徐志摩的诗。如我们的初恋。还有一棵一百多年的老梨树，我静静地站了一会儿，许了个愿，还了个愿。芳香四溢，我的心在为你撑竿跳——梨花。一种脱俗的香，一种静谧的美，昨天的雨，不但没有伤到"梨花仙子"，还多了一份诗意，一种温柔,一种朦胧。

　　我只顾嗅花的香了。忘了系红丝带。

　　可是扑面而来的香,又何止梨花呢?

　　你看,王庙村的樱桃园;你看,一路十八桃的桃花;你看你看,漫山遍野的小花——我像一只小蜜蜂,贪婪地嗅着花香,传播着劳动者吃苦耐劳的精神,传播者孟子"仁义礼智"的思想。

　　你看,香湖的美!

　　你来闻一闻,香城的香!

　　盼望着盼望着,夏秋的瓜果飘香……

　　又一次香满香城! 等红枣红了,再说上个三天三夜……

雨中登护驾山

天公不作美,也没有关系。从御景城的南门出来,向左转,沿着盲道外的红砖铺成的路,穿过斑马线,转向顺河路,向西小跑,天色尚好,我打算重游护驾山。

护驾山,在齐鲁大地并没有什么名气。即使在邹鲁大地,也无法与峄山相提并论。更不用说泰山了。可是在我的眼里,美——美得一塌糊涂! 果真情人眼里出西施! 或许只是心里多了一种情愫,多了一个聆听者而已。对它倾诉,也聆听它的心声。

站在卧室里,透过飘窗,就能先人一步地欣赏它的晨景。近水楼台先得月,一点儿不假——你看,薄薄的雾缭绕着,若隐若现的亭台,还有一棵飞来的树,实际上它是一粒种子变成的。我犹如醍醐灌顶一般,豁然开朗。让种子飞,我终于明白了望云先生的良苦用心。让种子飞——山南海北地飞,五湖四海地飞……飞吧,展开翅膀,去吧,去寻找你的归宿,大胆地生活,热烈地去爱,去死,去生。

世间最艰难的事莫过于生了。

世间最幸福的事也是生。

晴空万里,甚好;阴云密布,莫忧。

我总是劝慰自己:阴云总会散去,好运总有一天会落到弱者的头上。上天有好生之德,每一个人都是他的孩子。他想一碗水端平,可是有风雨雷电。但我们,不要去抱怨!

正如我的父亲,明明偏向二弟,嘴里却一直念叨偏向于我。他也想一碗水端平。可是我从来都在装傻。怪不得小女说我是一个大傻瓜。她埋怨我的心太软。我总是谅解父母的不易。

小雨飘来,我刚刚过了木桥。

我在前世约了你,才换来今生的擦肩而过!匆匆而过的姑娘,麻烦你给我一个微笑,而不是一个微信。我没有你想得那么轻薄,我只是在寻找前世相约的人,我的眼神过于呆滞,过于认真,以至于让你起了疑心,有了警觉。这样也好,毕竟防人之心不可无嘛!

继续南行,路过一片小树林。因为天气的原因,林子里显得空荡荡的,平日里在这儿休息的人们早已各奔东西。

雨说来就来,说明过了夏至。

有一棵杏树躲在枣树林里,忘了招摇。最后一枚山杏在上个周末也落了。看上去,还有点儿恋恋不舍。最初的红杏早已不知所踪,好像被那个多愁善感的家伙拣去了。他应该是个诗人,或者应该写点儿诗。他的胸间仿佛有汹涌澎湃的大海,又有悲天悯人的情怀,他像极了我的同桌老黄。

松树颇多。雨洒在松树的冠上,霎时别有诗意。松针一簇一簇的,成千上万根,数也数不清。雨滴下来,像挂着的泪珠。美不胜收的感觉,让我的心揪了一下。多年不见了。多少年?我掐指一算——十六年。杨过寻找小龙女,也是寻了十六年。黄山林校的南山上,参差不齐的马尾松,跳来跳去的小松鼠,我已经十六年不见了。白发的先生,头发更加白了;漂亮的女生,更加优雅了吧!老黄啊,黄果树的瀑布更加漂亮了吧!当年的豪情,还在不在?冒雨在绿茵场上踢足球,你是中场,我是前锋,老二是自由者,还有……个个英姿飒爽,人人豪气冲天!

护驾山上的雨,绝不像屯溪的雨。一连几个月,下个不停。就等梅子熟了。在这样的梅雨下漫步,既浪漫又忧郁。必须提前准备一些阳光,不然,我们的心会湿透的。学会储备一点儿尘埃,不然,我们的土壤会流失的。最好储备一些爱,不然,几个月下来身体会变成空空的壳。

撑一把油纸伞,在"天然氧吧"似的校园里,漫游。和戴望舒一

样，我也希望逢着丁香一样的姑娘。她也同样有丁香一样的颜色，丁香一样的芬芳，丁香一样的忧愁。

就让雨消散如梦般的惆怅，就让我的叹息化作探索未来的动力，手里握着莱蒙托夫的《当代英雄》，我向英雄的方向挪步，致敬。

致我们即将消逝的青春！

毕竟护驾山的雨，别具一格。沿着木梯，小心地往上爬，路变得湿润，进而有点儿滑，一不小心极有可能跌一跤。木栅栏的颜色由橘黄湿成了褐色，两侧的柏树……更加地精神抖擞！

雨，有点儿甜。站在一处观景台，我把舌头尽量地伸长，滴在舌尖上的雨滴，如沾了蜂蜜，甜丝丝的，缠绵。这雨缠绵我们留恋人世间的美好，这雨太小，敲不响贪婪者头上的警钟——

一棵苦楝树，偷偷地开了花，结了果。

山上的人极少，屈指可数。上山的人更少，我朝后面看了看，没有看见一个人影。想必，因为雨的缘故，望而却步了。年轻人啊，大多沉迷于手机，加入了低头族的大军。

仁者乐山。大山张开了双臂，仁者像大山一样也张开了双臂，欢迎你——站得高，看得远！

不是每一个人都可以成为仁者，不是每一个诗人都在用良心写作，不是每一个失足者都无可救药！

好不容易爬上了山顶，我喘了一会儿。看，这就是不经常锻炼的结果。以前在乡下住的时候，我还能沿着白马河走走，把手插进裤兜，展望一下未来——上下求索。如今，在城市定居了，却懒惰了。新家的对面，就是护驾山。每天起床后，站在窗前，都可以看到上山下山的人，极多。每每心中都有感想，总说明天一定早起，加入晨练的大军。每每又以一个"忙"字做了借口，失约于愈发青葱的大山。

因为昨天的天气预报说，明天有雨。

这不，我请了假。决定雨中登护驾山。站在最大的一块岩石上，极目远眺——孟庙里的古柏像一幅幅国画，像国画大师在天空中泼墨。偶尔,还有苍鹭在翻飞——这雨中的精灵,这孟庙里的"保护神"。

雨,没有停下来的意思。像秋雨一样淋漓,我的T恤几乎湿透了。母亲的话,我这才觉着有道理。她说:"小雨淋衣裳!"是的,不错的!我把手机关了,恐怕它进了水,连了电。喜欢发朋友圈的我,这次居然没有发。

关于护驾山有一段传说:相传隋朝末年,李世民当年被敌军追杀路过邹城之地,眼看敌军就要追上,突然李世民身后平地而起一座大山,挡住敌兵,救了他一命。后来,李世民当了皇帝,赐名"护驾山",以示护驾有功。

传说,只是传说。

可是,护驾山以南有一座山,叫"迎驾山",再往南便是"唐王山",后面还有一座名扬四海的峄山。

护驾山的山脚下,还有一处美不胜收的唐王湖。百万百姓,无人不知,无人不晓,仿佛百万雄兵——我们崇文尚武,爱好和平,保家卫国。

下山了。弯弯曲曲的羊肠小道,我在上面走,有点儿过独木桥的感觉,宛如回到了二十年前的那次高考。千军万马过独木桥,冲、冲、冲,冲锋号吹起了。

"接天莲叶无穷碧,映日荷花别样红。"倘若杨万里来孟子故里看看,恐怕也会对山下的荷花情有独钟的,就好比我对这些水中芙蓉的一往情深。

雨中的荷花,更美!站在岸边,静静地欣赏吧!荷风送香气,竹露滴清响。我犹如那个等待千年的书生,等待何仙姑的苏醒。净化人世间的尘与俗。

心中念念不忘的那个结着愁怨的丁香姑娘,款款而来——让我化身为蝶,或者蜻蜓,在荷叶与荷花之间,飞!不要太多情,放下爱恨情仇,放下名利,放下架子,捋起袖子加油干吧,做一只务实的小蜜蜂,为生活酿一些蜜!

里梦外

天放晴了，我浑然不觉。远远地看护驾山就像一个老母亲坐在风箱前，为山上的人做饭。

你听！"回家吃饭喽！"你是否听见母亲的呼唤，记起一些儿时的一些趣事。

炊烟

不知怎么了,突然想起了林则徐。好像我是一个历史爱好者似的,对爱国人物总想研究一下。他可是禁烟的英雄。这似乎和我想要表达的意思,风马牛不相及。

权当抛砖引玉吧,抛"大大的烟"引出小小的炊烟。

晨曦薄雾,我站在护驾山上,四处眺望。南面的迎驾山若隐若现,犹如仙境。北面的小高层朝气蓬勃,像英姿飒爽的禁卫军。西面的唐王湖烟波浩渺,好比出嫁前羞涩的新娘。数西面的村庄最美,炊烟缥缈升起,像穿着青色裙子的仙女。

这炊烟,绝对的小家碧玉。若烟非烟,若雾非雾,若梦非梦,若故乡的清晨,若白马河的薄衫……极力朝西眺望——一个即将消失的村庄。

一想起老家,我的心总是跟着微微一颤,一滴清泪挂在眼角,迟迟不落,好像在等太阳的光辉来证明它的清白。

站在护驾山上,我想学着伟人的样子指点江山,指点故土,指点炊烟。我又一次东施效颦。请捂住嘴,小心笑掉大牙!

炊烟是家的方向。藏有妈妈温暖的呼唤,藏有我的童年,藏有小小的恋爱,藏有浓浓的乡愁……

下了山,马不停蹄地去上班。

我的情绪有点儿低落,太阳被灰色的云藏了起来。老板娘劝我出去走走,她好像看出了我的心思。昨晚召开的孙继泉先生作品朗诵会,我错过了,心里一直不爽——有火想发却又发不出来!对自己耿耿于怀,对自己错过了一次重要的学习机会感到遗憾。

于是,我开着三个轮的"宝马",顺着营西路朝南开,看见一座红楼,我想起了那个玉女,心里咯噔一下,时光留不住——她还是那么美,只是我不再是那个追星的少年,也不再追风。拐向三兴路,不远处有座教堂,我与之无缘,因为我有一个坚定的信仰。过一个红绿灯,向西行几百米,有几个人围着一棵法桐树,冒着青烟。真丑,我不屑一顾,却一笑而过!继续西行,在第二个红绿灯不远处,有一家新开的药店,里面有位像诗人一样的先生——温文尔雅。我是不是病了!情绪如此低落。去买盒药吧,拯救一下我这不听使唤的脑袋。

从西外环向南转,转向顺河路,七转八转,转向一条干净的路,路上的车极少,屈指可数。两侧是一些小灌木,常绿的感觉。

红砖绿瓦,若隐若现,被遮挡了。前面的牌子提醒我,东西两侧的村子,一个是前万,一个是后万。知道是谁的故里吗?万章。知道万章是谁吗?孟子的爱徒。不要告诉我,你连孟子是谁都不知道啊!那孔子,你该知道吧!不要说,你只认得老子——简直愚蠢至极!抱歉,我没有谩骂的意思。我只是感慨。况且,身在孔孟之乡,你不可能这么弱智吧!

我把"宝马"停在一片开阔地,因为乡下麦收的季节已过,有的是空地方。我打算徒步而行。村庄向南的麦地,已经空荡荡的了。间或可以看到系在两棵杨树上的条幅,红得耀眼。上面的宣传语,很有个性。比如"地里一堆火,罚款一百多","谁地头,谁负责",无外乎禁烧。这样,极好。保护大气环境,人人有责!

走着走着,我有点儿迷路了。

西,还是南,我分不清了。

这时,如有炊烟冉冉升起——多好!我有点儿痴人说梦。哪有人烟,而且越走越偏。有点儿渴,我下了沟。沟极深,不像目测的那样。沟底有水,仔细听——还有潺潺的流水声。这是我见到的最小的小溪了。小心翼翼地剥开一层青草,露出清澈的溪水,偶尔可以发现二三片麦芒壳,好比二三只小蝌蚪忘了找妈妈,忘了回家。沿着小溪向水流的方向走,管它山重水复疑无路,往前走,天无绝人之路,我的心情轻松了许多,或许是"小蝌蚪"的馈赠吧!

不知从何时起,我和父亲有了代沟。我们见面,极少;我们说话,更少;代沟越来越深,我不知道如何愈合。看过董卿主持的《朗读者》之后,我重读了朱自清先生的散文《背影》,眼泪哗的一下流了出来。我感到了深深的内疚,尽管父亲对我毫无怨言。

前些日子,我陪女儿读了孙继泉先生的散文《父亲的腰》,我才发现父亲的腰,也弯了。像一棵老槐树。炊烟,往往从上面升起。那是母亲的呼唤,爱的呼唤——孩子啊,回家吧!家是温暖的港湾,永远都是!好像我不爱回家似的!

可如今,父亲在济宁,母亲也在济宁。老家只剩下老院子,老院子里只剩下一条老狗。我不舍得卖掉,更不舍得杀掉,就让它孤独终老吧,或许这样更残忍一些吧,我感到了从未有过的无能为力。

突然,前方冒出了断断续续的炊烟。我爬了上去,发现一个衣着褴褛的老人,蹲在一块青石上烤着什么。他见我凑了过去,先是一愣,继而一瞪,紧接着尴尬地一笑,把左手里的"烤地瓜"递给我,我勉强地笑了。香,的确香。这香勾起了我的饥饿感。饿了,况且时候已是晌午。估计老板娘忘了我这个掌柜的了。或许别的事分了神。我接过来,仔细一瞧,哪里是地瓜,分明是土豆,也就是地蛋。不知是感动的缘故,还是思念的原因,我的眼眶又变得湿润了。

小时候,母亲总是做完晚饭后,在锅底灰堆里埋七八个地蛋。约莫十分钟后,就能嗅到它的香气。馋猫鼻子灵嘛!二弟迫不及待地往外扒,火星四溅,幸亏小了许多,没有溅到衣服上,那时候,他的衣服大多是我穿小的。他抓起两个就跑,没三步就丢掉了它,"烫!"紧接着母亲跑了过来,给他吹吹手。这一吹不打紧,他哇哇地大哭起来。母亲一把把他搂在怀里。我像一个败下阵来的小兵,去捡那两个惹事的家伙——看我不把你们吃掉!心想:将来一定要当将军!

炊烟告诉我,笨一点儿没关系,记住了——勤能补拙!

炊烟是一个村庄的灵魂。

炊烟提醒我,不要嘲笑弱者。不要嫌弃他们的表达方式,衣服脏了,不可怕;可怕的是灵魂脏了。不知道后天的暴雨,能否把它冲洗干净——像晴空一样。

这时,他跑向一个路牌前,指给我看——谷堆村。

这是一个盛产黄金梨的村庄。这里住着我的亚东哥,他是一名乡村医生。

看,炊烟!从他家的烟囱里冒了出来——

一个又一个希望接踵而来,接踵而来的还有空心菜的清香——我猜想嫂子又在忙于炒菜了。

我回过头极力想找那个人,感谢他的一指,"柳暗花明又一村"。他不知去了何方,然而青石板还在,远远地看,像一块颓废的碑,仿佛刻了字——"乡愁"。

又见炊烟起!我仿佛看见了虎门,一面狼烟起,一面冷雨飘,一个英雄站在那里——聆听后人的美誉!

不知老家的炊烟何时再升起……

背叛

清明之后是谷雨,谷雨之后是立夏。

立夏来了。

墙上的牵牛花次第开了,像吹起了五颜六色的小喇叭,吹醒了黎明时的太阳,吹醒了忠实的大地,吹醒了胡同口的老槐树,老槐树上的小麻雀,还有心事重重的金银花。该叫的虫豸,抑扬顿挫地叫着。数戴胜鸟的叫声最悦耳,它是田野里的精灵。它飞起来,像一只放大镜下的花蝴蝶。好一个美丽的使者,给大地平添了一层神秘的色彩。

立夏来了。

原本明媚的阳光被大地的热情炙烤着,心中隐藏的一团火,即将破纸而出。果真纸包不住火的!任凭艾叶频频含笑,传情。风泄露了消息,把守口如瓶的誓言抛在脑后。一场背叛就要如火山一样地爆发了,或者像潜伏在敌后的特工一般地静默。

立春还在算计中。算来算去,快一千零一夜了。真邪气!讨了三年的媳妇,变成了竹篮子打水——一场空了。真倒霉!成天焦头烂额的,像长了毛的毛豆腐一样让花大姐躲闪。真好笑!还说自己命犯桃花,不知是桃花运,还是桃花劫?就连七星瓢虫都在逃避,仿佛他会吃荤似的!

吃素这么多年了。远远地看他,就像竹竿上扎上的稻草人。一阵风就可以把他吹倒,糟糕透顶。埋怨,又埋怨谁呢;巴结,又巴结谁呢。做个梦,莫非黄粱一梦。萌发个想法,又要想入非非了。立春不由自主地抖了一下,把笑——旁人的冷笑和熟人的偷笑,以及她

的浅笑，还有灵魂的深笑，统统堆在青春的脸上，伪装成神的笑。

清明婶子看在眼里，痛在心里。

她的可爱呢。她的可怜呢。她的可笑呢。甚至她的可怕呢。

立春的心凉了。

立春的娘躺在枣木床上，下不了床。心急如焚的滋味，她是尝到了。天不遂人愿，她却如愿以偿。立春的爹，特别地烦人，真想一巴掌打过去，抽他的嘴巴子。最好把他挂在城墙上，暴晒三日，以示后人。比唐玄奘还啰唆。只是他的肉不香，大妖小怪是不屑一顾的。有时，又比沙和尚还闷。十万八千里，来来回回，就那几句。

立春的爹，是后爹。成天不在家。喜欢在外边转悠。村庄通往外边的路并不多，有一条从桥洞下走的路，起初外出的人极少，这一段路比较不太平，出现过几次劫匪。并不是真正的匪徒，只是几个提前退学的初中生而已。大人没时间管教，放任自由，以至于有点儿铤而走险了。那时，流行结拜。有点儿拉帮结伙的苗头，村里最德高望重的老人曾提醒过他们的爹娘。站在悬崖边上，需要人拉一把的时候，大人们因为忙着生计，错过了。这样，他们和立春的继父鬼混在一起了。跟着好人学好人，跟着姑娘学下神。

"这算什么？"立春的娘，从牙缝里吐出这几个字。

"大妹子，唉！瞧这家子人——"

"冤大头。"有气无力地说，她侧过身。

"就是，就是！车到山前必有路，你好好休息！"

"船到桥头自然直——"她没有继续说，眼泪吧嗒吧嗒地落，势必在土地上砸出一个眼，索性种一个种子，生根发芽，在立春的院子里，在那个早死的人生活过的地方。清明婶子抹了抹混浊的泪水，朝寡妇的地盘奔去。

不知道立春跑哪儿去了，也不知道他爹在哪儿鬼混，她有点饿，早饭还没吃呢。太阳已经八竿子打不着了。早已不是日上三竿的时候了，难道老天爷也会变心？

难道贼喊捉贼吗？

或许,东方不亮西方亮!

小满到了,说了媒。

芒种来了,定了亲。

等吧,等到夏至,就洞房花烛。这不,胡家上下忙忙碌碌地忙活着。立春的继父,更是喜上眉梢。

清明婶子倚在老槐树旁,嗑着葵花瓜子,挤眉弄眼。这个眉,欲飞;那个眼,谄媚。虽没有新娘子的吸引力,但绝有美少妇的杀伤力。

这让他有点儿魂不守舍了。

幸亏她的"丰乳"还没有发颤,幸亏她的"肥臀"还没有发抖,幸亏在光天化日之下,幸亏猫忘了叫春,幸亏……谷雨是个老实人。

发骚的一幕,被槐花大嫂发现了。她装作视而不见,去追寻找配偶的花大姐。幸亏,没有伤风败俗。

清明婶子慌了一下,打算打道回府。不料被夏四奶奶撞了个正着,撞晃了她的"大奶子","哎呦,俺的娘!"她一看是她,便不再作声,反而嗑起瓜子。夏四奶奶从她的兜里抓了一把瓜子,一面嗑一面嘟囔:"呸!坏种!"

"呸呸!又一个坏种!"

"啊呸!还一个坏种!"她接二连三地鄙夷不屑,差一点儿把清明婶子惹恼。

压住火比什么都强!冲动是魔鬼!退一步,海阔天空。清明婶子信了算命先生的卦。她,收敛一些,甚至可以说是忍气吞声。自然,可以一年顺顺当当。的确,过了年,一直很顺心。只是谷雨还是那个窝囊样。"狗改不了吃屎,狼改不了吃肉。"祖辈的规矩,传到今天,自有它的道理。

算命先生还说,立春的婚礼不可张扬。

这不,立春的婚礼,小打小闹了一天,草草地结束了。

嫁鸡随鸡,嫁狗随狗。

"这没规矩的鸡,这没教养的狗,"清明婶子数落着四处觅食的大公鸡,还有那只四处小解的小母狗,踮起脚尖朝无花果树旁边的小窗看——类似于偷窥,至少有偷窥的快感。

"这么静,蝉鸣呢?"她忘了知了龟还没有爬上来,怎么会蜕变成蝉,怎么会有高歌,怎么会不厌其烦——风不吹,草不动的。

整个小院,没有一棵蒲公英。丝毫的风吹,丁点儿的草动,也成了一种奢望。两位新人还在熟睡。窗帘半遮半掩着,好像有影影绰绰的东西不怎么安分守己地动,像两三只误入洞房的蝴蝶。立春还在酣睡。新娘子早就醒了,只是佯装,看太阳怎么爬上来,看阳光怎样滑过她的笑,触痛她的桃花禁区。看久旱的大地怎样迎接它人生第一场喜雨!

看窗外的人怎么无聊,怎么下台。

没有反应。清明婶子折回了里屋,抱出来闲置半月的牡丹花棉被,横在"阳条"上,去去霉气,去去异味。阳条还是立春的生父用从南屯木厂拣来的铁条拧成的。她的好男人去曲阜已经三年了,至今未归。起初,他还托人捎个口信回来——报个平安,说句内疚的话。渐渐地断了音信;后来,有了传言,说他成了上门女婿。她第一次感到了背叛的滋味。

就这样,她守了活寡。

立春和春分,住在老院子里。

立春的二弟立夏,常常去槐花大嫂家串门。其实,她的丈夫和清明婶子的男人在一个小城谋生计。每年春节前一天回来,过了正月十五十六就往外走。走就走呗,习惯了,就好!一个人在家,毕竟孤独。夜深人静的时候,难免害怕。

在乡下,没有结婚的男子,不论年龄,统统称为毛孩子。

立夏比立春小六岁。刚上初一那年,槐花大嫂就央求母亲让立夏给她做伴。看上去,数他最文静。至于胡同里那三位少爷,个个歪瓜裂枣,各有千秋。

歪风邪雨，有什么关系。身正不怕影子斜，就是就是！再说，立夏的胆子最小，在我们村出了名的"胆小鬼"。

陪伴，不陪吃，不陪喝，也不陪睡，不同于"三陪"。立夏在另一张床上，槐花大嫂和小公主在一张床上，中间隔着一个尿壶。却没有帘子。晚饭，立夏极少喝汤。他怕尿床，被人笑话；也怕夜里尿尿，吵醒她们。立夏太兴奋了！不是因为与异性同居一室，而是因为一个人独占一张大床。终于摆脱了大哥和三弟的左右夹击。三个人同睡一张床的历史，终于结束了。

麦收前的那几日，村民最提心吊胆了。怕大风怕大雨怕打雷，更怕冰雹！立夏不怕冰雹，好比突如其来的弹球，填补童年时的空缺。冰雹，不知谁惹怒了哪路神仙"赢来的奖赏"。捧在手里，冰冰的，凉凉的，滑滑的，真舒服！像王姑娘——神仙姐姐的手，划过他的脸。

枣木做的床，有一股暗香。

立夏五体投地般贪恋着木床，以及散发着指甲花芬芳的枕头，他的春心悄悄地萌芽了。躺在床上，他在想，世上果真没有鬼吗？鲁迅先生的话，可以信以为真吗？他的胆子真大，居然踢了鬼。尽管是人伪装的，可毕竟人吓人吓死人啊。尽管世上没有鬼，可他还是希望夜里有鬼来呀！

人是善于伪装的，是世界上最虚伪的物种。依着葫芦画瓢。他佯装睡了。实际上，处于迷迷糊糊之中；半睡半醒而已。等槐花大嫂褪了外衣，毫不顾忌地脱了内衣，她忽略了他的存在，忘了他在成长。

隐隐约约地，他发觉什么在晃，晃了几下，等她躺下就不晃了。发香传来。他快有点不安了。盼望着天快点亮。强迫自己快点睡去。好入梦。

半夜时分，他爬上了她的床。他感到了莫名其妙，难道是梦游？这不，立夏啃着她的脚丫，流出的口水像猥亵的东西，让人作呕。他希望她的男人，背叛了她的贞洁。负了她的等待。

这一次,立夏白日做梦!

立秋看不惯继父的脸色。

立秋最小。最孝顺。娘病了,他照顾着。那么地无微不至,那么地无怨无悔,那么地无声无息。娘的病,是愁坏的。槐花大嫂说是气坏的。娘才不生气呢。自从爹走后,就没有人可以让她气鼓鼓的了。继父,他也配!

愁啊愁,愁就白了头!

愁完了老大愁老二,愁完老二还有老三,幸亏没有老四了。老四送人了。想必娘有了心病,只是不想让孩子们发现,隐藏了起来。

"地越来越少了——"清明婶子仿佛受了刺激,明白似的说。

"是啊!到处都在塌陷………"立春接了一句。

"出卖,什么都可以出卖?!"立夏义愤填膺地诘问。

"地?哼!埋的地方呢?"夏四奶奶跟着发牢骚。

春分有喜了。

娶了媳妇忘了娘。结了婚的人,往往变得特别。比如说懒惰。立春,成天缠着春分。立春在胡同里是出了名的孝子,如今又出了名地疼媳妇。

立春的后爹成了无家可归的猴,处处扮着鬼脸。他的心里隐藏着一个秘密。其实,他是受人之托。其实,他原来只是一个混混。本打算在老家自生自灭,不料——他出现了。一起打过河工。他误伤了一个自吹自擂的地痞。于是,畏罪潜逃。就说他死了,他拖他替他照顾她们娘四个。

这不,他从来没有冒犯过立春的娘。

他四处奔跑,想做一头特立独行的猪!他背叛了当初许下的诺言。

种瓜得瓜,种豆得豆。

可是土地在减少!即使多了一口人,自家的地依然没有增加。土里刨食的人们,渴望来一场暴风雨——把沟沟坎坎重新冲击成一马平川的良田。种上大豆与高粱,种上真诚与善良,种上白毛女时代的信仰。

　　生命还得延续下去……

　　背叛似乎死灰复燃……

蛙声

初夏。

初夏的夜。

寂寞来袭,我的上眼皮不再与下眼皮纠缠不清,注定又是一个失眠之夜。仰头看夜空,几个星星寂寥得更加吝啬,一轮明月惆怅得更加惨白,乡愁还有几抹,深情还有几许……

记不清了。记不清惊蛰之后是春分,清明之后是谷雨,立夏之后是小满,还是芒种之后是夏至,小暑之后是大暑……有记不清了!记不清小蝌蚪啥时候找到了妈妈,记不清哮天犬没有找到大骨头汤面馆,记不清孟子故里的哪棵树上还有她的名字?

小女小学毕业了。于是和小女打赌,三个月不摸手机,不玩微信,不发火。

正中下怀,我正想戒掉这个比毒还毒的瘾!

读读书吧。这不蛰居在家,一是避一下暑,二是读一下书,三是静一下心。比如读读朱自清的散文,比如《匆匆》《春》《桨声灯影里的秦淮河》,以及《沉默》。以至于我想写一篇《春风秋月下的白马河》。有点儿模仿的意思,却无抄袭的痕迹。其实,模仿也算不上,只是想增加点儿人气。借名人的名气,提高自己的名气。有点儿班门弄斧,甚至东施效颦。

像一只井底的蛙。

"呱——呱——"

先是独唱,接着二重唱,此起彼伏——小小的合唱开始了。

"呱——呱——呱呱!"

"呱呱——呱呱——"

"呱呱呱——呱呱呱——"

蛙声从不远处传来,我先是一惊,接着一呀,连着一喜,最后一叹,哦!原来是那儿啊!唐王河的水流向唐王湖,经过护驾山脚下有一处小潭,上面居然飘摇着荷叶,满满当当地就像上等的翡翠,那么绿,那么耀眼,尽管只有皎洁的月光。城里,也有蛙鸣,算是一大幸事。对于久居闹市的人们,无疑也是一种安慰。静静地听,可以抚慰心灵,净化灵魂。

在乡下,到处可以听到蛙声,只要有水的地方。

也是夏夜。从奶奶家到姥姥家,不过几里路。那年暑假,我几乎在姥姥家度过。那年暑假,五姨家的姨弟星星,六姨家的姨弟小振,以及三姨家的姨哥峰,姨妹小霞,一听说我和二弟来二舅家看表弟小坤和表妹小梅,就往外婆家赶。霎时,院子里热闹非凡!小坤建议去"粘蝉",星星和峰哥附和着,小振拿竹竿,小田抢着拿罐头瓶,姨妹和表妹提着小竹篮,跟在后面。我本想跟着外公学写大字,不料二妗子说:"小奎,去——跟着去玩。"

"哦!"我跟在最后,好像还有追兵似的!我是后来的大胡子张飞,谁敢一试。其实,那时我是最瘦弱的。白白净净,像个书生。因为这,二妗子才让我去长长见识见见世面的。我们兄弟几个,谁也不会料到自己的将来。那时,我的愿望居然是拯救哑女,救助弱者。后来,读了鲁迅先生的书,立誓要当一名作家,像匕首,像标枪,不畏强权,与强盗作斗争。可是,作家又遥不可及。我是一只井底的青蛙。看见了巴掌大的天。

一点一点往上爬,我嗅到了荷花的清香。

外婆家的北面,有一片杨树林。林子北是大片大片的玉米地。地与路之间,有沟,排水沟,有沟就有水,有水就有蛙。蝉鸣伴着不远处的蛙声,好不热闹。瞬间变成了大合唱。

小坤的确是一个捕蝉高手,半晌的时间,就黏了十几个"吟唱的歌手"。星星也挺扭捏的,谁能料到后来他当了兵,还做了官。有

一个游戏,叫作官兵来了。他们玩得不亦乐乎!我没有参与。我不明白青蛙是怎样变成王子的,或者王子为什么变成青蛙,而我为什么依然无法改变自己?

午饭,大家吃得津津有味。炸金蝉,我只是抑制住了口水,我没有吃它,毕竟它是一个歌者,虽然歌声有点枯燥。我喝了三大碗外婆熬得白汤。只有外婆熬得白汤最香。外婆是一个"三寸金莲"。慢腾腾,慢悠悠,慢慢地熬,满满的爱,外婆的心最干净,后来喝了几千碗白汤,都不是那种味,那种香!外婆活了九十多岁,过一段时间,我一定要专门为外婆写点儿什么。抽时间读一读倪萍的《姥姥语录》。

到了黄昏,各自回家。我俩没有走,因为家里盖新房子。那时候外婆家不习惯吃晚饭。于是,我跟着外公去了瓜地。老远就听到了蛙鸣。因为附近没有树,也就没有蝉鸣。瓜地有数十家。地头,都有瓜棚。棚子极其简陋。四根废旧的长木,四根较细的杨树的侧枝,用麻绳捆绑在一起,上面铺上草苫,里面放一张旧床,铺上草苫,再铺一层席,放绿豆壳枕头,躺在上面,十分惬意。外公挑了两个西瓜,用一把尖刀打开,吩咐我吃。然后,嘱咐我不要乱跑。于是,他溜了。

外公有一个大的嗜好,后来听母亲说的。

外公丢下我,想必回家了。我用勺子,挖西瓜吃。四周真静。没有花脚蚊子。比在家里挂蚊帐都强。只是静。我有点儿心虚。我怕鬼火,偶尔也怕鬼。尽管知道这世上没有鬼魂之说,只是一个人在这么大一片绿油油的地里,着实让人心慌。比做了违心的事还心悸。于是,盘点一下,自己究竟做没做过让人不心安的事。这时,你也可以扪心自问一下。小学五年级,我伤过一个女孩子的心。她向我表白,我拒绝了。这么早熟,像这个年纪——就是喜欢,也得埋在心底。我喜欢那个扎了羊角辫又系了蝴蝶结的女孩,我们好像是同桌。在毕业典礼互赠礼物的环节,我送给她一个蝴蝶标本,她送给我一个癞蛤蟆折纸。我的天,幸亏我没有送给她一只"大天鹅",你看多尴尬啊!小学毕业了,我喜欢上了听蛙鸣。

西瓜地里没有蚊子——这个秘密,我没有告诉别人。我怕有人和我争,我不喜欢争,我总是让,让,让到争得人脸红脖子粗。让到他自己都感到无地自容。就这样,我的暑假时光在瓜地里消磨了。

我还是井里的一只青蛙,等着不经意间经过的过客,最好放一根绳子下来,一头拴在月亮船上,一头落在我的脚下……

蛙鸣,不仅北方有,南方也有。

你听,稻花香里说丰年,听取蛙声一片。

还是那只青蛙,从白马河来,从孟子故里来,跳到黄山,跳到屯溪老街,跳到阳湖的稻田里,又跳上稽灵山,跳上黄山林校,跳入新安江,跳入钱塘江,逆流而上,又跳回大京杭,跳回白马河……仿佛若有光,有一种思想在发光。

现在想想,多亏同桌送我的折纸,经过时光的侵蚀,它成了一只金蟾,不离不弃。而她依然是那只飘来飘去的蝴蝶,只是我的后花园变成了唐王湖,满了荷花,醉了蜻蜓,如水的月光下,请听——抑扬顿挫地歌声,有浓浓的乡愁,有深深的情愫,还有成长的烦忧,妈妈的微笑……

一股酒香扑鼻而来,我仿佛看到外公抱着酒瓶在走,萤火虫提着灯笼给他照着路,难道他知道唐王湖的荷花开了,还是想听一听城市的蛙声……

地下的生活太寂寞了,地下没有西瓜地,地下没有烈酒,地下没有手机,没有夏天,没有蚊子,凉飕飕的,阴森森的,空洞洞的……你还空虚吗?

我是一只自由自在的蛙,爬行着,写点儿文字,象形的。

寻找一个像樱花一样的女子

初春,乍暖。

我固执地认为从双溪到白马河有暗道相通, 从白马河到新安江有明渠相连,借李清照的舴艋舟,趁月色妩媚,星星点灯,一路南下,寻寻觅觅,寻找一个像樱花一样的女子。

听说,江南的樱花极美。

一朵一朵花开,一树一树芬芳。白的白,粉的粉,若雪,若荷,若她的披肩,披肩上的蝴蝶,风一起,如小精灵般翩翩起舞。倘若细细地看,樱花也会跟着羞涩一番,白里带粉,粉里透红,像极了情窦初开的少女。

我偏见地认为屯溪的樱花最美!白马河的水经老运河从新安江向钱塘江流,流入西湖,去赴我与西子的十八年之约。屯溪是新安江的一条支流。屯溪的北岸是一条长街,历经宋元明清,保留到现在。张择端的《清明上河图》,据说就是以它为模板的。最初的繁华,如璀璨夺目的樱花。后来的冷清,又像樱花被风吹雨打后的狼藉。写到这,泪禁不住潸然而下。

屯溪的南岸是一座校园,黄山学院。

它的前身便是我的母校——黄山林校。可想而知,校园内花木极多。处处鸟语花香,处处知书达礼,处处青春洋溢,处处芳华依旧,处处可以勾起我的回忆。

我把舴艋舟泊在乌篷船的一侧,自然显得有点单薄。又有点儿格格不入。鸬鹚排成一排,昂头挺胸,似乎在欢迎我旧地重游。

溪水,依旧清澈见底。鹅卵石清晰可见。伸手去摸,只是更光滑了。仿佛那个硕大的鹅卵石就是十八年前的那个。那个刻了我俩名字的，那个樱花绽放的夜晚，那个许下诺言又像影子一样消失的女子，那些花样年华，消失了。那么地干脆，那么地无声无息，那么地独上西楼，月如钩。

伸手去掏，它纹丝不动。仿佛它还在记恨我的无情一抛，或者埋怨我的一去不回，像东去的滔滔江水。匆匆而去，聪明的你，能告诉我点什么？

若像樱花就好了。

我傲慢的认为她藏在某朵花里。

后来，我闯入了徐志摩的世界。捧一本他的诗集，站在樱花树下，等一个人。我不知道她是谁？也不知道风从哪个方向吹——你看，樱花多么像多情或痴情或深情的女子。一片像林徽因，一片像陆小曼，还有一片像张幼仪。像粉，一样认真；像影，一样飘忽不定。又是不同的樱花。

我倔强地认为每一片樱花就是一个美丽的女子。然而又不是我寻找的那个。她是有丁香一样的芬芳，丁香一样的思想，丁香一样的惆怅。

在黄山求学的这一千多个日子里，我从没有忘记我的故乡，我的梦。

左手孟子右手梦。"人之相识，贵在相知；人之相知，贵在知心。"

固然如此，我仍然偏见的认为爱憎要分明，初心莫要忘，耻辱不能随随便便丢掉。就好比东京的樱花虽美，我却不喜欢。出国旅游，我是绝不去日本的。而那些崇洋媚外的"奴才们"，我更是深恶痛绝的！鲁迅先生说过，要痛打落水狗。

鱼与熊掌不可兼得，喜欢与爱不可共享。喜欢是浅浅的爱，爱是深深的喜欢。世上的女子千千万，窈窕淑女万万千，自古君子好逑。做一个正人君子吧，我不做你的演员！也不做你的小丑！

君住长江尾，你住长江头，咱们共饮长江水。两岸种满樱花树，

缠缠绵绵到长丰。那里,有我一个梦。还有一个女子,无数的樱花,阳光,晶莹的露珠,现代版的桃花源。

得之,我幸;不得,我命!

我总是矛盾,忧心忡忡。躲进小楼成一统,多好。可是,我不能躲避。故乡正是春天!锄头,镢头,铁锨,早已憋足了劲,在白马河堤两岸,栽上樱花树或者桃花树。十里春风,不如你。俯首甘为孺子牛,我愿意。我愿意为你,浪迹天涯。

夕阳西下,像我一样,看夕阳红。多么像被血染红的樱花,多么像让青春燃烧的火!樱花烙在我的肩上,烙在心里。那么深,那么沉,那么香。我不是那个断肠人,我本是一个行吟者;我不是诗人,我本是个过客;我不是传道士,我本是孟子故里的一块小小的石头!

我从孟子故里来!

江南的雨巷,悠长。

江南的樱花,优雅。

我在仰望,稽灵山上,白云悠悠,天空瓦蓝瓦蓝的。我会一朵云一朵云地寻找你,樱花一样的女子。我望见了顾城,一会儿远,一会儿近。而你,总是很远很远。

我总是拿着一把旧钥匙,敲着雨巷的墙,厚厚的墙。在月下行走,我敲的好像是你前世丢弃的木鱼,施主啊,我究竟是敲还是推你的门。你为什么不说话?樱花树下,我与谁对影成三人?你酿的樱花酒,我未饮心先醉。来,来,来,让我们举杯,与李白对饮三百杯。可是,你不说话。就像现在的城市,落寞。你不说话,你不是我寻找的那个女子。你不是那个像樱花一样的女子!

继续寻找,不放弃,不抛弃,不舍不弃。

恋恋不舍,恋恋不舍孟庙棂星门南不远处的一抹红。念念不忘,念念不忘白马河上一千零一颗失眠的星星。每一颗星星,都有樱花的影子。

从白马河到新安江,途经合肥。弃舴艋舟而行,只为找到你。

　　我的老同学在合肥混得可谓风生水起。之所以去合肥,竟是因为樱花。原来,他俩也喜欢樱花的颜色,樱花的芬芳,樱花的飘逸。

　　惊蛰就要到了。樱花节就要开了。

　　惊蛰,怎么也惊不醒蛰伏的你?你在哪里?像樱花一样的女子,魂牵梦绕的女子,念念不忘的女子。

　　莫非去了"樱花小镇"——长丰县义井乡。万亩樱花海,亿人浪漫行。这么热闹的地方,怎能少了我这样的行吟者?

　　置身花海,我仿佛看到无数朵樱花化成一个你,朝我奔来。

　　春暖花开,面向长丰县的樱花海……

　　我来了!我从孟子故里来——从邹城到长丰,从长丰到邹城,哪个不是我的爱?哪个不是我的情?哪个不是我的春天?

　　故乡已是春天。月色依然妩媚动人,星星继续点灯,大红灯笼高高挂,交相辉映中,一个像樱花一样的女子,翩翩起舞。

　　寻找一个像樱花一样的女子,不忘初心,不忘初梦,不忘肩上的使命!

春游葛炉山

过了年,春天就来了。

春天来了,我的心如结茧的蚕,如茧中的蝴蝶,如壳中的雏鸡,蠢蠢欲动。

原计划,趁着天清气爽,去逛一次孟庙。不料,朋友嫌孟庙里的树太古老——宋柏或者唐槐;他害怕拿不住它们的寒气。那些石刻,更是高深莫测,他更是一头雾水。而我也不精深。可我是极其想去的,因为我的第二本诗集《左手孟子右手梦》已经整理完毕,只等三审了。

碍于情面,只好附和般的忍痛割爱了。

于是,我们去了匡衡湖湿地。匡衡湖位于匡庄南几百步的地方,大小与唐王湖相差无几。放眼望去,好一片春意盎然的景象!蜿蜒曲折的小道,怎一个"绿"字了得!尽管春天的脚步——姗姗来迟,但是暖风已经熏得游人醉了。湖水,碧波荡漾。这是风与水的蝶之恋。

我站在湖中央的长廊上,伸开双臂,深呼吸——我仿佛听见蝶儿的窃窃私语了,好像在说洞庭湖的美也不过如此之类的话。我好像看见蜜蜂的"喜新厌旧"了,你看它——从一朵花飞向另一朵花,从不恋恋不舍。它们在酿造生活的蜜。我们呢?

沉沦而已。

沉迷于牌九,沉迷于斗地主,沉迷于偷菜,沉迷于酒池肉林,沉迷于江湖,沉迷于红包,沉迷于尔虞我诈,沉迷于大雪纷飞,沉迷于小桥流水,沉迷于一株救命的稻草⋯⋯

沉迷而不堕落，或许还有救。

我拿什么拯救你——朋友！

我们之间居然没有防备之心，彼此相信——不像有的朋友口是心非，当面一套背后一套。其实，我们相识才半年有余。只要以诚相待，就会成为无话不说的同路人。

志不同，道不合，不相为谋！

志同道合，或许会成为"同志"。

有人掩口而笑；有人冷眼旁观；有人高瞻远瞩；有人心怀叵测。真所谓八仙过海各显神通，或是各怀鬼胎。

匡衡，凿壁偷光的第一人。湖以他命名，这说明后人未曾忘记。我也曾凿壁偷光过，那是小学的事了。那时，七八岁的光景，家里的煤油灯坏了。迫于作业还未完成，我照葫芦画瓢——用晚饭偷偷藏起来的竹筷子，对着紧闭的纱窗就捣——三下五除二——干脆利索地凿了一个洞。月光顺势流淌下来，正好洒在我的作业本上。那时候月光真美！听胡同里的夏四奶奶说，"姥姥地"上有嫦娥娘子。说着无心听者有意，我开始幻想——美丽的仙子如何翩翩起舞，如何一杯一杯洒下桂花酒的。

纱窗纸被捅坏了，这事被三叔知晓了。这不，他又拽长了我的耳朵。若不然，我的耳朵还在趴趴着呢。如今，我只能遥谢我的三叔了。他已经不在人世五年有余了。

祝愿一切安好！你若安好，便是晴天。今日晴天，你可安好？

匡衡湖往北几百米的距离，有一条东西走向的马路，西到马踏飞燕处，东到蓝陵古城。往东走千余米，路南有一座大山，即是鸿山；路北也有山，看上去也是一座，即是葛炉山。

春天已经来临，对于久居"深闺"中的人们，无疑是一种嘲笑！甚至戏弄。

春江水暖鸭先知，我们还不如一只水鸭呢。

我们来得早一些，踏青的人们极少。间或露出三两个彩瓢，葡萄紫，玫瑰红，柠檬黄，甚至蓝莓蓝，不知何时增加到五六人了。

一下子热闹了起来。

我们在半山腰，把车停下，徒步走。四周的桃花林，静悄悄的——只等桃花节的到来。这离桃花节还有一个月的时间，只是我们来早了——扑了个空——如果赏花的话。

至于"灼灼桃夭，十里芳华"，只能在她的梦里相见，在她的诗文里重温。或者，一个月后再见。

说不定还能邂逅油菜花海呢。

葛炉山，古称葛山。分南北两座山峰，南峰为前葛炉山，海拔273.4 米；北峰为后葛炉山，海拔 235.4 米。

其实，游葛炉山，朋友是有私心的。一上山，他就不停地问我：炼丹炉在哪儿？谁在炼丹？

葛洪炼丹，其实是一个传说。世上哪有什么仙丹妙药？只不过是人心作祟罢了。长生不老？那还了得——如若从远古到现在，真能长生不老，恐怕我们真的无立锥之地了。

生老病死，何必去强求呢。

起初，我没有驳他的面子。就附和着他说，在山顶吧。

"高哥，真的吗？"他扭过头又问。

他站在蓄水池的水泥面上，望远处——雾锁早春，薄薄的雾，倒也徒增了道家的仙气。

我爬山，与他是迥异的。遇见的第一块大石头，约莫就是一帆风顺石。向上走，石阶的东侧有几个小洞，也就是老乡告诉我的"老奶奶洞"了。此处应该有传说，可我卖了个关子。不说。

再向上，映入眼帘的除了豆腐石，还有龟石，大象石，黑猩猩石等。从豆腐石向西，有一个六角亭子——抱朴亭。我站在亭子里，展翅欲飞——只有风，呼啸而来！

每一阵风告诉我的，我将告诉每一个人。

风！风！风！

自由。自由的风，我是自由的——我愿随风而去！

无限风光在险峰，后山更上一层楼。

太多的路相通,条条大路同葛炉山。我们下了前山,乘车去了后山。有一位老人,守着这座山。朋友说,"山上有宝贝!"说着,往山上冲——不知他哪来的后劲。我紧跟其上,不过,有点儿喘了。山中怪石嶙峋,许许多多的石头,还没有名字。它们静默着,或许等我们去取一个好听的名字——难道它们也懂得名不正则言不顺。

山神庙到了,焚香的人,已不见了踪影。焚香的心,处处可见。仿佛我触摸到了。那份虔诚,那份愚,那份迂,那份无可奈何——无可奈何花落去。

春天来了。

沉睡的人们,醒了吗?醒了的,是否睁大了双眼?是否看得清——当别人"在一刻值千金的春宵中"做着春秋大梦时,笨鸟已经先飞,小丑已经擦干眼泪。

朋友拜了山神,一叩三拜。我也拜了。不是出于迷信,只是感到一种凄凉,草木还没有完全返青,花儿还没有开放,甚至还没有来得及含苞。

这个春天,我来早了。

这座山,我们来早了。

往上,有华佗庙。这个,我也拜。听说,他在这里济世救人。不用说他是一个有故事的人,不用说他的技术精湛,单单说他的医者父母心就足以让我拜一下的。凡是有华佗庙的地方,我总是进去跪拜的。春节前,去了一趟五宝庵山,也有华佗庙,自然也行了礼。

炼丹药的炉子,已经不复存在了。

后山上的八角亭,也在去年夏天被一阵风刮倒了。

风是自由的。风是公正的。风是英雄!风是暴君!风是母亲!我们是风筝!风是七仙女编织的七情,风是六欲,风是春天的使者!

下了山,我们去看了石刻。字迹已经模糊,被风侵蚀了。但一想到孟庙里的石刻保存比较完整,便有了一些欣慰!计划下周去看看它们,沉寂千年,不知会不会打扰它们的静修。有一种声音,已经跳到嗓子眼了——我抑制不住了——有了快感我就喊——呐喊——

"春天来了!"

春天来了。

希望我们的心,不要成为风的俘虏,不要被它风化。

你醒了,世界便睁开了眼睛。

孤独者

孤独是孤独者的座右铭。

我以孤独者的身份漫步地球，陆地如孤岛，森林如盆景，恐龙如雏鸡。而我手无缚鸡之力，如柳絮。

飘。

如果卑鄙是卑鄙者的通行证，那么我也不会做一个卑鄙者。就好比高尚是高尚者的墓志铭，而我也不会假装高尚。

我好比天空中的流云，孤独的歌者。我的心，格外的寂寞。我就要成为金钱的奴隶，那些喜欢风言风语的传播者，给我安上了一个贪婪者的帽子。高高的一顶帽子，煞是喜人。在车如流水马如龙的岗山路上行走，有点儿标新立异的感觉。

曾经荒废的时光，我来不及感慨；曾经沉重的枷锁，我来不及清欢；曾经的深情，我装作懵懂；曾经的青春，如流水，如落花，如绿草茵茵。

我说我老了，恐怕连铁山上的松树也会笑我。

笑我太轻狂。笑我太空虚。笑我太浮躁。

笑我太孤独。

孤独如松树。树木像孤独者，隐藏在荒山野岭，更像一个隐士。隐藏在寺庙里，隐藏在林冲消失的大雪之夜里，隐藏在西施浣纱的小溪左岸上，隐藏在伏羲庙的瓦砾间，隐藏在凤凰山的上接天光下接地气的石头旁，隐藏在孟庙的浩然之气下。

三月，你好！

孟庙红墙外的青石板路上，一只小蜜蜂做了一个长长的梦。变

成了我,还是我变成了一只小蜜蜂。穿过棂星门,阳光紧跟其后,郁郁苍苍的侧柏映入眼帘,喜从天降——我的小心脏突突地跳——是谁赋予它们的灵性,是谁佑护它们历经风霜——青春永驻,一千年还是几千年,或者一万年,屹立在这片东方大地上!

历史的孤独,又算得了什么?

三月的风,很轻。

三月的阳光,很柔。

孤独的种子,擦擦眼睛,攥起了拳头,往外拱,突破黑暗,迎接光明,孤独又算得了什么? 牺牲又算得了什么?

有梦,就有远方! 孤独的梦,也有远方。步孤独者的后尘,四处梦游。在诗人的眼里,我有另一个身份——梦游者。

长成一棵树,长在那棵独木成林的大树旁,聆听他的声音:得道者多助,失道者寡助。

看水

看水,我是绝不轻易说出口的。

水里藏着她的秘密。

我猜她是一个有故事的人。她,看上去更像一个女子。几乎每个清晨都可以望得见她,尽管只是侧影。

缘,那么地妙不可言;美,又如此地不言而喻。想必那心花怒放,更是无法隐藏的……

嘘:轻一点儿,轻一点儿哦!自己提醒自己——其实,我还是比较矜持的,属于那种坐怀不乱的"君子"。或者佯装成巴黎埃菲尔铁塔下的"绅士",高贵而优雅。

我喜欢从窗口眺望唐王河以及对面的护驾山。

我喜欢看唐王河的水怎样流入不远处的唐王湖。

我喜欢听芥川龙之介笔下的《蛙》怎样的此起彼伏,怎样的鸦雀无声,怎样的唤醒那只像我一样坐井观天的青蛙——从乡下跳到城市。

我喜欢水,我喜欢看水,我喜欢看水流动的样子,我喜欢看她的影子在水里的样子,我喜欢她纤巧的手在水上拨动琴弦的样子,我喜欢晨曦的薄雾笼罩她的样子——若隐若现,如我念念不忘的乡愁,如我恋恋不舍的炊烟。

阳光穿过云层照射到对面的护驾山上,裸露的石头居然一动不动,丛生的灌木仿佛风吹草动,你瞧:一只、两只、三只,白色的精灵,从那儿鱼贯而出,仿佛那儿是水帘洞似的瀑布。真可惜,我的身边既没有望远镜,又没有摄像机。枉我还曾是一个天文爱好者,也

曾是一个摄影爱好者,怪就怪我那时手头拮据,囊中羞涩得足以让现在的暴发户笑掉大牙。

惭愧至极,以至于额头沁出细细的密汗,我从洗漱间拿出那条黄色的毛巾轻轻地一擦——为了环保,我杜绝使用湿巾或者一次性的纸制品。

那精灵朝我飞来,好漂亮的一只白鸟,这与我十年前偶遇的那只青鸟极像,个头,大小,眼神,以及飞翔的姿态,快乐的样子,如此地一致。那是我邂逅她的地方。那是她羽化成蝶的地方。那个地方,如今,我已遥不可及。

今生,我遥不可及的地方——除了平遥,除了丽江,还有秘不可宣的屯溪。

屯溪,静静的屯溪,不是肖洛霍夫描绘的顿河。

屯溪,我的脚印丢在草丛里了,想必变色的蜥蜴,早已模糊了它们的痕迹。小溪两岸的"鹅暖石"错落有致,我常常把"鹅卵石"写成"鹅暖石"。就好比我常常想起她。总是把她当作你。或者明明爱,却表现出恨,甚至嗤之以鼻,进而落井下石。我不懂契诃夫的《变色龙》,我不懂左拉的《娜娜》,我不懂装懂,还是揣着明白装糊涂。

直到今天,我才明白顾城几近疯狂的"荒唐之举"。

举起的斧子,放下——甚至比粉身碎骨还难。难言之隐,难言之隐隐于世。

举起的拳头,松开——我看见许多的蕨,纷纷攥紧了小小的拳头。好比未满月的小女,频频给我惊喜。

或站、或立、或坐、或蹲、或躺,鹅卵石的缝隙爬满了草。

草的名字,已不重要。

她的名字,不再想起。

黎明也好,黄昏也罢,我什么也记不起。我唯一记起的只有——看水。

看水在屯溪。

横江、率水、新安江,三水交汇处——屯溪。老街的笔墨纸砚,可还有我试笔的那块石头,那个小池,那只红蜻蜓。济宁却有李白浣笔的浣笔泉。

看水,看它的无欲无求,看它的能曲能直,看它的波澜不惊,看它的深,看它的浅,看它的远……

看着,看着,看了进去。我仿佛是北方飘来的一片云,落了下来,水乳交融了。再硬的骨头,也会被水泡出柔情;再有棱的石头,也会让水磨得光滑;再卑微的小草,也有一颗向上的心;再高贵的大象,也会低下头来——水是生命之源!

我抱着它,它是我用三坛米酒换来的旧吉他。一个毕业生在毕业的前夜失恋了,四处买醉,然后消失了。

校园里沸腾了,有一个白衣女子跳江了。

我抱着那把破木吉他,一路小跑,跑到了事发地。江边聚集了三圈人。拨开一圈人,钻了进去,一个湿漉漉的"小鹿"委屈地哭哩。不知为什么,我情不自禁地弹起了一首蔡琴的《渡口》。我得到了一个大大的拥抱,好像你了如指掌似的。

我捡了一个宝。

其实,她喜欢穿一身青色的衣裙,像一只青鸟。只是,她的过去,我没有过问;她的故事,还在继续……

只是我更喜欢粉色衣服的女子,如樱花。

她是有大大的眼睛,小小的酒窝,长长的头发,细细的皮肤,弯弯的眉毛,她是会点穴的,最好会点儿轻功——飞檐走壁,这样外出夜归晚了,看门人就不会骂了。

还有一件事,我后来才知晓的。

后来,我才知道——这是室友设的局。原来,强扭的瓜不甜。是鸳鸯,棒打不散。匆匆地聚,匆匆地散。匆匆的日子,如流水,一去不复返。

屯溪,我怕今生无法旧地重游了。

我在邹城,无法脱身。在这里,有我牵挂的人。在这里,有我钟情的水。在这里,有我仰望的山。

她的故事,耐人寻味。

我下楼去晨跑,恰巧路过,恰巧她还在——唐王河与唐王湖的水是相通的。一片池,对于天空,也不过巴掌大小;对于她,却有西湖般宽阔了。岸上的垂柳,像极了苏堤上的绿。她在一块巨石上,好比西施浣纱。风一吹,池里的小荷,争相起舞。然而荷叶太小,如翡翠在水晶上滚动。

嗨,这个字眼堵在了嗓子眼。

风吹来,也是一低头的温柔,像一朵不胜娇羞的水莲花,道一声珍重,再道一声珍重。

我知道,池里的水,是多么清澈,多么清白。

这也是我一直喜欢看水的缘故。

望云的时候,希望有水落下来;看水的时候,担心云会落下来。我怕尘埃,哪怕一点儿,也会惊起一只白鸟的静修。况且,有三只白鸟,守着这一片净土,这一方净水。

我是俗人,关于她的秘密,我守口如瓶。

看水的看水,望云的望云。

语文老师

或许深受鲁迅先生影响的缘故吧，我重读了《藤野先生》。

从小学到大学，我的校园生活，如放电影似的过了一遍。

说也奇怪，我的语文老师，居然有十位之多。印象，却如徽州的水墨画般，模糊的居多。名字，我还能记起的不过十之五六。并非我忘恩负义，只是我的记性太差。或许与我的笨拙有关。

在众多的同学之中，我并不出众，更谈不上才华，甚至无人问津，地地道道的丑小鸭。

我的启蒙老师，姓韩。他不是未庄的，也不是羊庄的。他教我们既不要伪装，也不要佯装，本本分分地做自己就好。

其实，我是那只坐井观天的青蛙。

后来，不知道怎么变成了癞蛤蟆。或许想吃天鹅肉的缘故。据我的第二位老师描述，我曾经收到同桌送的文具盒，里面装了三只七星瓢虫。打开后，吓得我抱头鼠窜，以至于我得了一个雅号——胆小鬼。而她，从此对我嗤之以鼻。而这位女生，的确是我少年时代爱慕过的"小龙女"。自然都是武侠惹的祸。或者类似于一种"暗恋"的启蒙。早熟的果子不好吃，好比强扭的瓜不甜。那时候的我——最笨，如猪；最蠢，如驴；最傻，如木瓜；最沉默，如石墨……

到了五年级，我的脑瓜开了一点窍。徐立东老师教我们语文。这一段时间的我，"好好学习，天天向上"。

怪不得，一个乖乖的女孩，怪怪地对我说，"你个书呆子！"

小脚女人说，"男孩发育得晚。"她是指我，一是个头不高，不如她家前院的孩子木木高；二是反应迟钝，不比她家后院的小子敏

捷。她的话，往往不攻自破。那时的我喜欢沉默，所以就没有戳破她的谎。

后来验证了她的话，有道理，也令人心碎。因为她看好的两个我的同龄人——一个卧了轨，一个摔了腿。

而我跌倒了，又爬了起来。一次次地跌倒，又一次次地爬起——我深信孟子的话："故天将降大任于斯人也，必先苦其心志，劳其肋骨，饿其体肤……"

而给我讲这句话的语文老师，就是初二时的焦树贵老师。

我在南屯中学上的初中。

初一，应该是马召臣老师，我记不确切了。后来，也没有再见。

初三，我记得是尹天明老师。印象最深。才华横溢的那种，好像是某个大学的高才生。对于他，我们羡慕的很。就连教室最后排的几个"捣蛋鬼"，都会静下来听他讲课。声音很有磁性，板书铿锵有力，字写得漂亮。后来，才知道，他的书法了得。

我写文章的启蒙老师，应该算是尹老师了。那时候，我已经把早餐的钱省下来，买杂志看了。这次，你应该猜到——我为什么没有长太高了吧。原因极其简单，长身体的时候，营养没上。这算不算是一个歪理呢？另一个歪理——谬论就是知识压的。

他教我们的课，不过三个月。他和别的语文老师不同的是，他让我们记日记，然后一周交一次。

我记得清清楚楚的是，学习委员发下日记本。许多人，是不看的。所以，许多人毕业后，就不会再记日记了。更不会走上文学之路——走的人多了，也就有了路。坚持地走，走下去，才会成功。离这条路，我还差得远呢。无论什么结果，都应该勇敢面对，打开它吧！

打开一看，我吃了一惊，红色的评分让我不知所措——九十五分。他在日记的结尾写了一句话，我至今记得："发奎，你写得太好了——我打算给你评分了。"

那一刻，我爱上了……摸索着写，摸索着投稿，摸索着在文学的长征中前进……

然而,尹老师调走了。

接替他的是一个"老夫子"。姓陈名亮。他对我是有极大意见的。这我记得明明白白的。无法抹去的。然而,我并没有怀恨在心。只是把他对我的苛刻,当成了一种鞭策。

课堂上学不到的知识,我只能从课外补了。

摸索着,我开始买书了,书籍是人类进步的阶梯。谁说的已经不重要了,重要的是手中无书。总不能读"无字天书"吧。想方设法吧,世上无难事,只怕有心人。于是,买书是正道。绝不可像孔乙己辩解的那样——"窃书!……读书人的事,能算偷么?"

《辽宁青年》与《青年文摘》,以及《小说月报》,是我买得最早的三种杂志。那时候,流行武侠小说与言情小说。金庸、古龙、梁羽生,最火;语文老师上课,如同虚设。琼瑶的书,更火。特别是女生。语文老师更是望洋兴叹,耸耸肩,继续他的板书。

然而他对女同学是极其照顾的。

而我,他是极其反感的。不必说我所知晓的,他还在模棱两可;也不必说我读过的书,似乎比他的多;单单那次喜迎香港回归的全市作文比赛的文章被他压了下来,后来还被他批判得一无是处;然而却在全国性的征文中获奖。以至于,他又摇起了近乎"迂腐"的头颅。

几年前,我在北宿镇的某个集市遇见了他。我本想喊一声老师,可是他惭愧地躲了。他,已经沦落到乞讨的地步了。我更不能落井下石了。因为我曾经也是一只坐井观天的青蛙。对着他远去的背影,深深地鞠了一躬——"谢谢你,若不是你当初对我的鄙视,也不会换来女儿对我的仰视。"

最后一年的班主任吴老师,挑选了全校几个尖子生,进城参加全市的"语数外"比赛。我,不幸被选中。最后一年,不知怎么我的学习成绩就那么地突飞猛进。也许厚积薄发,也许是金子总有发光的时候,也许好运来了,挡也挡不住。

城市,对于我是陌生的。我,一个乡巴佬,终于进城了。那时的我,心里暗暗地发誓:至于誓言,我居然忘了!应该不是在城市生活这样的俗愿。也不是"全校第一,舍我其谁"的鸿志。忘了,我的记忆力依然极其差。因为我是不记仇的。

夜里,路过书摊。一眼看到了莫言的《丰乳肥臀》,一把捂住了双眼,脸红了,血又把脖子涌红了。一看,我就是从乡下来的,没有见过世面,我为我的羞涩感到了悲哀,我为更多的像我一样的还有羞耻心的,感到了悲凉……然而,一种欣慰掠过我的脸颊。

我忽然有了一种冲动——居然想像语文老师一样堂堂正正地教书育人。去一些偏远的山区,或者高寒的地区,传递一种美好,一种善良,一种正能量。

但愿人人都有一颗知耻之心,夜已经深了,不远处的那颗星星愈发地明亮。

父亲节随想

父亲不在身边的父亲节，我感到了落寞，心如刀割；颇像没有情人的情人节，我感到了失落，心如火烧。

我在邹城，父亲在济宁。

邹城才是我们的故乡，其实济宁也是，只是济宁太大，太广，太远。我怕我会迷失，对于我——济宁，就像一个迷宫。其实，最初，邹城也像个迷宫。那时候，我很小很小。然而，却吸引着我。

小小的城，孕育着小小的梦。

小小的城里，却住着一个大大的先贤——亚圣孟子。

小小的我，如地球上的蚂蚁，举起天空，举起水，举起梦，举起国学，举起黎明，举起光，举起故乡的草……"所有的生命都向生而死，唯有草，向死而生。"

故乡太小，小得装不下我们几个高家兄弟。其实，是我曲解了故乡的好意。我只是感到了蒙羞。堂堂一个大学生，毕业后，仍要赋闲在家，还要割麦、扬场、点种、拔草，等等。堂堂七尺男儿，却要寄人篱下，我感到了耻。尽管，这也是我的家。可是，我不是燕雀，燕雀安知鸿鹄之志？

对于故乡，我本来就是一个家雀。

故乡在白马河的东头，谓之"东故"；然而"西故"并不在白马河的西头，仅仅在东故的西头。往前数几十年，你会发现——东西故本是一家，即故下村。两个村庄之间，有一条沟，算作分界线。我固执地认为：合久必分，分久必合。父亲也盼着合，那样的话，土地会多分一些，庄稼会多收三五斗。他的两个儿子会胖一些。这是他梦

寐以求的啊!

梦寐以求的还有,希望我俩都有出息。

他说自己做工"反正"都是泥腿子。从他的眼神里看得出,分明没有鄙视的意思。却也没有仰视的"层次"。在乡下,本本分分的一辈子,也是极好的一种活法。

父亲的小农意识浓。传统得很。事事保守。以至于我与父亲的关系比较僵硬。我又不会巧嘴。说话的语气又硬。他的脾气,有时候也犟。比邻居家的"猫头鹰"还冲,以至于我们之间的隔阂,越拉越大了。

母亲总是数落父亲,"自己没本事,还埋怨孩子——"

父亲也不争辩,把头低下去,吧嗒他的"旱烟"了。他这一生总觉得对不起母亲,若不是他——母亲早就成了城里人。母亲嫁给父亲,最重要的一点,就是图了父亲的老实。在以前,老实人是吃香的。不像现在的某些年轻人,浮夸得很。好像都喜欢"北漂"或者"南下"。脚踏实地,都快成了奢侈品。

父亲没本事,这在故下村,应该算得上家喻户晓。就好比后来他领了两个"百万富翁"去上坟一样的疯传。疯传而已,哪有那么多的"富翁",不过是夸大其词罢了。

父亲有点儿迷信。但不信耶稣。他不像木木的父母那样——每天,除了祷告,就是祷告。以至于木木卧轨了。这也是我写的小说《顾城的斧子》里的原型。太悲哀,一个天才似的发小,过早地魂飞魄散了。

父亲相信,每个人都有一个魂。起初,半信半疑;后来,小弟的事让他完全地信服。

故事发生在二十几年前。

那时候已是盛夏。也是我的第三个暑假。天气及其闷热,我从外婆家"寄养"的白羊,半跪在家门口处的老榆树下,呼哧呼哧地喘息。那时候,我家不养狗,狗咬人。那年月,疯狗太多。再加上我的小弟也属狗,估计怕冲。养羊,还是外公的主意。他说,"磨性子。"

"文曲星下凡哟!"外公补了一句。

父亲受宠若惊。文曲星,天官。幸亏他老人家不是官迷。正好,我不会交际。我可没有交际花的手段。幸好,我不是茶花女。也不是娜娜。其实,有时候,我还不如茶花女与娜娜。

尽管父亲认为我极可能成为"大材",但他并没有偏向我,或许他已经预测到我极有可能"小用"。

事出有因,许多事。

天下老的爱小的,也是一个不争的事实。然而母亲常说,"天下的老的爱好的。"我知道,她在给我灌输一种思想。我明白,一开始,我就已经决定做一个孝子了。生我养我的是父母。养我长大的,我必将养他们的老。我不去计较公平不公平——一碗水端平,这是父亲常常挂在嘴边的话。

也许父亲的虚惊一场,把天平偏向了小弟。

那个夏天,小弟误入了荷塘深处。幸亏看守鱼塘的"泥鳅"发现得早,幸好陪伴泥鳅的"老黑"狂乱地叫嚣,引起他的注意,小弟被拉上了岸。

有惊无险,只是他精神恍惚,不吭声。

母亲抱着他,一个劲地哭。父亲慌了神。平素里,主意都是母亲拿的。可是母亲瘫成了一片,快瘫成了一堆泥。父亲朝我摆了摆手,示意我去——还是走,那时我早已吓呆。一是,没见过这种场面;二是,担心父亲责怪,毕竟我有"没有看好小弟"的责任。于是,我跑。当然是在父亲的许可下,跑出了家门,跑出了胡同。没有跑出村庄。我还没有那个本事。我的天地,就是巴掌大的东故村。我就是那只坐井观天的青蛙。

猛一回头,我撞倒了一头牛。

定睛一看,原来是都姥姥。小脚女人的婆婆。"老刘老刘,吃个老母猪不回头。"脑子里闪过《红楼梦》里的刘姥姥,颇像。都姥姥,一个小脚女人哩。她是村子里的神婆婆。难道父亲让我去找她?不由分说,我的嘴才半开,她已经拉着我回"高家胡同"了。

剩下的事,无疑"招魂"。

我从不疑神疑鬼,淬了一口唾沫,转身去厨房——想必母亲饿了吧。铁锅里的煮红薯,还有点儿温热,用竹筷插了满满的一塑料筐。我端着筐来到母亲的面前,"妈,吃——"一个吃字暴露了我的弱智。母亲并没有理睬我,目不转睛地看着都姥姥,用筷子从一个碗里把水叼进另一个碗里,而且后一个碗的碗口铺上一张"火纸"。我递给父亲一根红薯,他接了过去,却放在麦秸堆的簸箕上,眼直勾勾地盯着碗里的水珠。都姥姥,我没有虚让。她是不吃这些"杂粮"的,她家的"白馍"怕堆成山了吧。说着,嘴角湿了一些,口水迫不及待呢。

过了些时日,小弟果真又生龙活虎了。

父亲更加"迷信"了。

我们的隔阂更深了。

母亲似乎看穿了我俩的"代沟",想帮助我俩填却怎么也填不平。母亲说,"你爹对你最好……"

"我知道。"我堵住了母亲下面要说的话。我真知道,父亲对儿子没有一丁点的虚情假意。

父亲做得最对的事情,就是供我们弟兄俩上学。

胡同里的孩子们,也只有我们俩完成了学业。十年前,我家是胡同里最穷的那户。十年后呢。真是十年河东十年河西啊!

其实,前年过年之前,父亲领着我俩去上坟——请地下的人们回家过年。那时候,我们的生活才好了一些。正应了我的微信名——步步高升,一年更比一年好,步步升高。

至于传言,仅是传言而已。

后来,父亲去了济宁。自然,母亲先去的济宁。母亲去看小弟的小子了,父亲去看小弟的大仓库了。

而我守着故乡,守着邹城,守着我的孟子故里,笑看风起云涌,笑看人生……

这些年的父亲节,父亲不在身边。犹如刀割一样痛,每每读到朱自清的散文《背影》，心里更加难过，我几乎记不清父亲的背影了。

我的老父亲，你在他乡还好吗？

顾城的斧子

"海子与顾城",是木木最喜欢的两个诗人。

"今生,未曾相遇;却也心心相通。今生,擦肩而过的,又何止我们。"木木感慨万分,再不疯狂我们就老了。

"海子与顾城,我更偏爱于顾城。"木木总是喜欢强调一下,恐怕旁人嘲笑他脚踏两只船似的。

他念念不忘发小小 A 的话,"你身上有顾城的影子哟。"

"哪里有?"他认认真真地找了半日,也没有找到一丝半缕的痕迹。太阳高高地挂在他的头顶之上,如一顶顾城的帽子。白得耀眼。木木喜欢顾城头顶上的那顶帽子——白色的如云,看上去很美,很近。他觉得:"我看他时很远,我看云是很近。"

木木对帽子也是情有独钟的。只是他太胆怯,太卑微,太匆匆。两手空空,那么地空空如也,那么地胆小如鼠。遇到爱,就躲。他是不敢戴帽子的。也不敢标新立异。更不敢大胆地说爱你——他只会一味地隐藏,隐忍,隐私。把你当成了隐私,藏起来,画个圈,然后阿Q 似的想:你是我的——小尼姑,手上的香,不舍得不忍心擦去……

他是顾城的一把斧子。

他从未庄来——青春如水,爱情似火的年纪。未庄是个好地方。假洋鬼子也是那个地方的。王胡与小 D,也是未庄的。人才济济,后来出了不少名人。大抵还是托了阿 Q 的名气。然而,人怕出名猪怕壮。阿 Q,到最后,不还是断子绝孙了吗?然而,他的精神,又滋生了千千万万的小阿 Q。精神,任谁也不能绝灭的。木木的家,离阿 Q 的土地庙,并不太远。只是木木的老爹是个泥瓦匠。

九斤老太说,"一代不如一代。"

她说的极有道理,也有依据的。然而这个九斤老太,她是模仿的,她不是未庄的。然而她跟了老村长。然而这个未庄,也不是鲁镇的未庄。它是阿 Q 的后人,从南方跑到了北方,跑到了白马河附近。入了我们的村庄。因为那个人能掐会算,迫于"未庄的名气",村庄改成了"未庄"。相应的布局,也模仿了。像极了未庄。九斤老太说,一代不如一代。单单木木家,就足以证明她的"审判"英勇神武。"你瞧:木木的爹叫林,林的爹叫森。森林木,一代不如一代……"

然而木木连树木也不做,不想成才;只想长成一把斧子,正义的斧子。

"黑夜给了我黑色的眼睛,我却用它寻找光明。"或许因为顾城的缘故,他喜欢上了一个女孩。她的名字叫华小英。或许与他的英子有关。木木太容易感情用事。太敏感。好比,凡是与她的名字谐音的女子,他都爱。就好像他懵懵懂懂时期暗恋的女孩一样,因为她衣服的颜色——粉色。凡是穿粉色衣服的女子,他都爱。没有年龄的代沟。这或许,也是爱屋及乌。

可是,木木总是唯唯诺诺。

"有了感觉,我还是选择沉默……"

激流岛,他更是心向往之。新西兰,对于木木并不陌生。因为,他的地理课特别牛——每次考卷下来,总是满分。他能准确地说出每个国家的位置,当然是在地图上的。他能说出地球仪上的每一条河流,当然必须是有标注的。他能读懂她的眼神,包括他的地理老师。其他老师的秘密,他也看得穿。包括那个处处给他小鞋穿的语文老师。其实,他的语文老师,一共十位。给他留一点儿颜面吧,毕竟他的反作用,让木木更加地不以为然。更加地肆无忌惮,更加地模仿阿 Q 的精神胜利法。

木木瞥了一眼华小英,她在和室友赛珍珠,坐在台阶教室靠窗的座椅上,读鲁迅先生的《阿 Q 正传》。窗外的枇杷树已经习惯了负

里梦外

重,硕果累累。橙色的枇杷,说明时节将近仲夏。

暑假即将拉开序幕。

木木即将错过良机,他想对她说,"睡——睡——"好比阿Q见了吴妈。他只是想,比起祖师爷,更加地畏畏缩缩。幸好,木木没有把无礼的话说出口,"螳螂捕蝉黄雀在后",小A抄起一根竹竿,准备"英雄救美",他对赛珍珠爱慕已久,"好比一条饥肠辘辘的狗,对一块肥美的肉垂涎三尺"。他躲在暗处,十大功劳的后面。

木木对他,不屑一顾。木木想:绝不能把历史的闹剧重演,绝不与小D似的人物闹。饥饿真可怕,让两个不同级别的人,拉成了势均力敌的对手。小D家的祖坟上冒过青烟,他的三爷是走村串乡的江湖郎中。见识及广泛。谁家的家门朝哪个方向,他比谁都清楚。风水如何?他也说得头头是道。他甚至知道哪里有鬼东西?哪里有帽子?帽子是哪种颜色?可惜,小D连皮毛都没有学会。以至于失传了。以至于街上的帽子多了起来,飞来飞去,五颜六色。绿色最多。有的帽子,是隐形的。一不小心,头顶上多了一顶带色的帽子,不要惊讶,不要难过,快回家吧。去看看你家的床底,有什么怪东西?去翻翻你家的衣橱,有什么怪味道?去厨房,去阳台,去沙发,去吧,有什么好奇怪的———无所获,木木早已料到,木木恨不得自己是孙大圣身上的猴毛,摇身一变或者经大圣一吹,变成一把斧子。木木有木木的使命。斩妖除魔,他还没有那个能耐。他感到了饥饿。与小D不同。

饥饿,是对爱情说的。在爱情的原野上,木木与小A,的确有点儿"针尖对麦芒"的味道。或者说,一无所有对两手空空。两个人既是发小又是同窗,臭味相投。木木暗恋华小英,纯粹因为顾城的《英子》,他了解过英子的故事。至于谢烨,他也喜欢。只是他不想亵渎她在他心中的完美形象。尽管,背叛是可耻的。尽管,她最后动了心,变了心。尽管,不是她的错。可是,斧子——灵魂的执行者,没有手下留情。可是,另外的背叛者,依然逍遥法外。更多的背叛者,继续投机取巧,甚至沾沾自喜。

　　小 A 与赛珍珠,以迅雷不及掩耳之势,确定了恋爱关系。她,来自一个单亲家庭。她来自海边。她的父亲以捕鱼为生。为了捕到更多的鱼,一个暴雨之后的下午,一去不回了。有人说,他去了另一个地方,解脱了。有人说,他领着那个从大城市来的姑娘,跑了。姑娘,没有几个人见过,好像她的二伯见过那个女人一面,她梳着一个极其奇怪的发髻,像一把小小的斧子。渔村,一直很安静。渔村的夜,安静而神秘。赛珍珠隐隐约约地听见婴儿的哭声。听,海哭的声音。她一门心思地想离开——寻找,才是她的目的。好像每个人都有她活着的目的,好比每个人必将住进最后的归宿——墓地。

　　小 A 没有嫌弃她,一个灰姑娘,如黑金。

　　海风的缘故,赛珍珠浑身上下,如没有过滤的海盐,也像突然起飞的海燕。与他的白,恰巧互补。

　　"黑白无常"木木发出了声。

　　小 A 的耳朵灵敏,木木收不回去了。怒目对视,老乡早已被抛出脑外——九霄云外。

　　"羊庄",本是一方净土。为了区别开"未庄",老村长把未庄改成了羊庄。未庄,有伪装之嫌;羊庄,有佯装之意。伪装与佯装,本是贫瘠的两姐妹。

　　华老栓把烟袋放在"毒日头"照耀不到的熨斗架下的石凳上。熨斗架,实际上是马虎大妈架起的芸豆架。华老栓,哪有多余的钱,置办熨斗?若像小 D 一样富了也好。可以多买几个"血馒头"啦。苦命的孩子,也不会如此地短命。短命的海子,也不会如此地悲哀。华老栓,终究被传染上了肺痨。一命呜呼。

　　华小英回忆说,她的爷爷也是华老栓的后人。听说,华老栓领养了一个孤儿。那个年代,孤儿比比皆是。听说,那个孤儿原来的姓氏——赵钱孙李的"赵",原来也是赵氏孤儿。只是他感恩戴德,从了华姓。华夏子孙,谁又不是华夏儿女?华小英不同于吴妈,也不同于祥林嫂,更不同于拉拉秧。

　　拉拉秧在羊庄,更是个人物。

拉拉秧的老公,先是游手好闲,接着子承父业——卖猪头肉,后来去了外地——南非之类的国家。游手好闲的时光,这里忽略掉了。他卖猪头肉的那几年,不但没有发达,却领了一顶帽子。再绿的帽子,也没有盖住他的猪头。最初,他比较瘦,就像瘦肉精猖狂了一阵子。他跟着他的"老泰山"贩卖过生猪肉,给活活的猪打针,针管里装得不是药,而是水。

华小英的爷爷,站在大街上破口大骂,"缺德的畜生,生个娃,没屁眼。"诸如此类的话。因为,省吃俭用,咬咬牙,狠狠心,买了二斤猪肉,不料——缩水。气得华小英的奶奶,用勺子敲锅沿。华小英只是低着头,回味木木送她的黄玫瑰究竟是啥意思?

挂在香椿树旁的草帽,米黄色。华小英发现,有一只花大姐在午睡。一颗豆大的露珠,在一棵小枣树——枣花与枣花的亲密接触后,往下坠,落在细细的蛛网上,打了个旋,在重力的作用下,又往下坠,在离花大姐一厘米的地方——粉身碎骨。四处逃去。

逃之夭夭。华小英想:"我应该逃离羊庄的束缚,寻找高家胡同黄豆芽仰望的北斗星——神秘的外星人居住的星球。"

华小英决定出走。她把黄玫瑰扔给了赛珍珠。至于木木,她决定放弃了。木木太木讷,极易中毒,至少极易中书本的毒。比方说,读到一则鬼故事,他就会认为世上还有鬼。读到"列女传",他就会在羊庄极力找出来——对号入座。读到顾城与谢烨的爱情故事,先是羡慕不已,接着欣喜若狂,然后捶胸顿足,于是义愤填膺,最后恨之入骨,甚至巴不得自己就是那把斧子……

木木过于极端,华小英说。

其实,木木得了一种病,对羊庄的人们来说,罕见。类似于精神分裂症。却不同。在他的身上,阿Q的影子与孔乙己的影子,交织、缠绕、重叠。至于样子,读者诸君可以发现——闰土与涓生的形象,木木爱不能爱,怯生生的。他感到眼前的山就像母亲挂在胸前的十字架,刺中了他的心。他的心被缚在了茧里。挣扎,也无济于事。横冲直撞,只会更加地头破血流。那个矮小的女人,便是他的母亲。挂在两只干瘪的奶子之间的十字架,在太阳的余晖照耀下,却像一座大山一样,压得木木喘不过气来。他被母亲俘虏了。

那个矮小的女人,久居深闺,在小脚女人的怂恿下,信了主。一本厚厚的《圣经》,放在她的枕边。尽管枕巾散发着某种酸菜味,她依然乐此不疲。尽管她斗大的字不识一升,她依然装模作样,陶醉其中。擀面杖,不知何时已从厨房蹦到了她的床上。枣红的灯光,晃了晃,木木发现,书与擀面杖,恰巧组成了一把长柄的斧子。想必,它要把"万恶之源"斧正——扶正。

一切还在伪装之中。

明明他和华小英青梅竹马,可结果她"投怀送抱"给了一个从大城市来的"胖大海"。"嫌贫爱富"的戕害者,爱情没有什么专属权。嫌贫爱富,也不是谁谁的专利。人人可以,人人可以吗?木木不喜欢爱慕虚荣的女人。木木数了数家北的铁轨,他搞不懂海子为什么要卧轨?

"妈妈的"木木终于说了句脏话。这在羊庄算不了什么。

"妈妈的"他又试了一下,奇怪,心的伤口愈合了。

"妈妈的"他指了指马虎大妈家紧闭的"朱门"。指桑骂槐。他对章黄金早就看不顺眼了。他是章白银的同胞兄弟,也是章青铜的带头大哥。只是,青铜太沉,做不了丐帮帮主。这个年代,没有人愿意冒充乔峰。更多的人愿意做慕容复。

"呸,你也配!"木木的手指弯曲成鸡爪槐的形状,伸不直了。不知,从哪一天开始,羊庄也有了歪风邪气。尽管羊庄只是未庄的克隆,尽管有了阿Q这么一位大名人,幸亏他不是一位作家。更不是一位诗人。木木决定步海子与顾城的后尘,做一位诗人。做羊庄第一位诗人,或者作家。

小A失足跌入了白马河,被钓鱼的外乡人捞了出来,湿漉漉的,木木看见湿漉漉的灵魂在跑。

从此,小A神志不清。

赛珍珠不知了去向。

　　木木遇见了小脚女人,"一代不如一代",她模仿九斤老太的口气说。

　　木木这次没有反驳,有气无力——他感觉到,一把斧子在他的胸口升腾,升至脖子处,或者更高处,他感到了窒息。他捡到了一片银杏叶,有得就有失,远处的绿化成了满天的白云,闭上眼睛——不再去管那顶顾城的帽子——是绿,还是白⋯⋯

影子

太阳升起的地方，是她的老家。

听她说，老家的东坡，是一片黄澄澄的美妙新世界。她说，满树的橘子，是橙子的影子。

她来自江西。她又说，她的婆家在东乡。满坡的柿子树，一到秋末冬初，挂满了红灯笼。

她说的时候，我没有正眼瞧她。楚楚可怜的样子，我不敢轻易施舍我的怜悯，因为我的情感点总是太低。我怕我一不小心爱上她。而她应该是一个有夫之妇。而我又是有妇之夫。论伦理与道德是不允许的。一想到这，鸡皮疙瘩便起了全身。

我之所以听她讲她的故事，或许她的影子像我的一个故人罢了。

她本有一个爱她的丈夫，只因他们进城以后，男人染上了恶习。男人的本性露了出来——同样的好吃懒做。男人姓吴名好。男人和我有一面之缘，那是我穿过红灯区的时候，他在与一个打扮妖娆的"半老徐娘"纠缠不清。起初，我并不知情。也不知道他就是她的"好男人"。

你有所不知，好吃懒做的人，总会堕落，甚至铤而走险。

吴好和一个地痞混在一起，成天地玩乐。混吃混喝，慢慢地发展为收取保护费。可是好景不长，他俩被一个网吧的网管打了一顿，鼻青脸肿了半个月。不久，两个人不欢而散。两个臭皮匠，啥也不是。三个臭皮匠才赛过诸葛亮，差一个哩。那个地痞被他的老爹打折了腿，窝在窝里。他的爹，算得上暴发户。宁愿养着他，也绝不

137

让他四处胡作非为。

吴好,转眼之间成了孤家寡人。

吴好像一只猫,四处游荡。

于是,她搬进了高家胡同。在城市里,居然也有高家胡同。看上去,颇像乡下的"高家胡同"。零零散散地住着几户人家。零零散散的几个院子像乡下零零散散的坟。我不禁潸然泪下。造化弄人,我居然沦落到这步田地了。像一只误闯入森林的猴子,四处有绿莹莹的眼睛,有低低的狮吼,有狐媚,有妖气,有孤魂野鬼,有铁匠的锤子,有顾城的斧子,有绿色的帽子,有紫色的紫癜,有隐隐发痒的脸,撕碎后又拼接在一起的嘴……

我,无处可逃,无路可退。

胡同里,隐藏着一户人家。姓李名坏。常年不在家。在家的是一个漂亮的小女人。因为我没有见过世面,所以我认为她胜过西施或者貂蝉。尽管我没有见过西施,也没有见过貂蝉,但我感觉到了她们的美。一顾倾人城,再顾倾人国,三顾,我就醉了。这个胡同往西北拐了个弯,成了一个死胡同。这在小城比比皆是。拐弯的地方,长了七八株不同的树。有桃树,小的那棵;有柳树,弯的那棵;有银杏树,落叶的那棵;有苦楝树,坐果的那棵;剩下的,算作花。

李坏加入了一种神秘组织,长年不露面。我更是没有见过几回,屈指可数的。

我租赁了一间小屋。东边的那间,有个梯子,竹子的。平时,靠墙搁着。房顶比较平整。李姨在屋顶养了几只鸽子。鸽子被关在笼子里。笼子被铁条编织而成。铁条是李坏从铁路的护栏上借取的。铁路穿城而过,呼啸而过。坐上它,走南闯北,或者去拉萨。或者去旧书店。旧书店在电灯房街的尽头,一间门头,里面堆满了书。老板是一个东北人。喜欢下棋,却不喜欢读书。我纳闷得很,为何?从我住的地方到流浪者旧书店,不过一刻钟的路程。有时,我得用半小时的光景才能走到,因为我喜欢思考问题。比如,麻雀怎么不见了?蚂蚱怎么找不到了?桥洞里站着的女子不冷吗?大街上喊你的陌生女子为什么总是浓妆艳抹呢？这不是我拯救的，却是我想抨击的，然而又是无能为力的。我不过一介书生，一个书呆子。不信神，不信鬼，不信一手遮天的手永远遮着天。我喜欢自言自语，更是直言直语。一不小心得罪一些人。说话不好听。"忠言逆耳利于行"，不是吗？天下的人，还是喜欢听好听的。为这，我也烦恼。

为这，我只想一个人的影子。

这个影子，在胡同里晃过。吴好趁金花不在家的时候，回了趟家。怀里还搂着一个女人。有点儿像桥洞附近的那个艳女人。当时，我在房顶喂鸽子。瞥见的一幕，有点儿远，有点儿不确切。或许是那个艳女人送他回家，受他之托罢了。我不过是猜疑。以至于，金花诘问我，我却哑口无言了。我无法为她作证。那个女人的底细，我的确不知。

我知道，吴好也是一个爱面子的酒鬼。

我和金花的交集，也不过几次。她在一家馒头房上班。早出晚归。一个水灵的尤物，却被生活磨成了疲惫不堪的黄脸婆。她不再吸引人了。已不是招惹蝴蝶的玫瑰了。已成一团白饭粒。可怜的女人。一个连影子都丢失的女人。或许灵魂还在……

我应该算得上是一个正人君子。我对她从没有什么非分之想。的确我惊诧过她的皮肤如雪白，并未萌发去触摸的冲动，好像我不是一个小人。我从来不会乘虚而入，不会诱导她人。

后来，我在旧书店里瞥见过吴好。他和一个老女人正在拉扯，店老板出去看热闹了。剩下我一个人继续寻找一本《茶花女》，小仲马写的。据说，小仲马是大仲马的私生子。我翻到的《三个火枪手》却是大仲马的杰作。我曾经预测，不久的将来，会有更多的私生子浮出水面。历史在那，人性在那，甚至冲动在那，魔鬼在那。一切终究真相大白。包括这家书店。

书店有一个地下室。有木梯相连接。木梯十分结实。允许两个人同时上下，不过必须小心，否则会有危险。整个下面有两间屋那么大，如五宝庵山上的龟石一般大小。到处是书，皆是旧书籍。一摞

一摞的，一捆一捆的，一堆一堆的，五花八门的，五颜六色的，甚至有一块像一张床，全部用书堆砌而成。上面铺了个毛毯，毛毯上绣了牡丹；毛毯上又铺了一层床单，床单上绣了个对鸳鸯；床单上的被子缩成一团，散发着异味，近似于臭脚丫与劣质烟叶的混合气味。倘若仔细地嗅一嗅，里面夹杂着女人的味道，像极了她的香气。床头有一对枕头，已经发黑；枕巾不知躲在哪旮旯儿了。想必与袜子、领带、内裤，混为一谈。甚至与女人的胸罩披肩打底裤等混在一起分不清了。我不禁打了个喷嚏。"这是什么鸟地方？"

"斯斯文——丢丢脸。"

"欲加之罪何患无辞？"

我迟疑了一下，强求？不，我怎么可以让他按我的想法活着呢。

一个人一个活法。

一个人一个影子。

有点儿闷，我从地下转移到地上，然后三步并作两步钻出书店透透气，大口大口地深呼吸，此刻的我像一条大暑时的狗。

店老板回来了。手里拉着一只白白胖胖的手，我们打了个照面，没有说一句话。那张脸，我没有来得及细细端详，就已经被店老板拉下了地下室。自然没有强迫的意思。否则，也难过我这一关。那个女人，有点儿眼熟。绞尽脑汁，也无济于事。酸了，算了。算了，不去想了，反正不是好女人。酸了，这才感到手腕酸酸的。挑书挑的。哎，又是一个不中用的人呦！我还不如是个影子呢，没有思想，不用想象。

我和书店老板，也算认识。

他说的鬼话，我大抵忘干净了。穿过红灯区，脸火辣辣的。一种负罪感油然而生，好像自己做错了什么。

夜色降临，华灯初上。

急匆匆地逃吧，逃离这个是非之地，这里不适合我。就在岗山路与电灯房街的交接处，一张熟悉的脸滑过我贼拉拉的眼——金花。

穷鬼

"穷鬼！"

"贱骨头！"

"呜呜呜……"白芷只顾抹眼泪,防风握紧了拳头,我羞得无地自容。风在耳边吹,一些耳旁风,我们早已忘记。

然而有些事有些人,一直铭记在心,那个鄙夷不屑的眼神,那个用猪油抹嘴的男人,那个胡同口飘着的猪头肉的香气。

对于穷鬼,我本是恐惧万分的。至少,他是鬼类。自然比起黑白无常差得远,一不吃香,二不喝辣,三不凶神恶煞,地位低得很。比起掌握文运的神,更是一个天上一个地下。甚至连看门狗都不如。穷鬼啊,你真可怜！自从看到你瘦骨嶙峋的样子后,我还挤出几滴热泪,洒在月季花的骨朵儿上。

我不明白拉拉秧的好男人为什么骂我为穷鬼？

他见过有我这样皮肤白皙的穷鬼吗？

我的屁股比他的婆姨的水嘟嘟都白呢？

人生无常。

小时候,这些——我不懂,更不会不懂装懂。我和穷鬼们一样——一无所有。我是惧怕白无常的,他有一把索命的绳索,生怕被他带走,更怕他把给我猪尾巴吃的赵无常捆走。听爷爷说,赵无常的名字有点儿犯冲。幸好黑无常总是喜欢黑暗的地方,而赵无常喜欢晒太阳。他的袖口,永远地油亮油亮,像摊煎饼之后用的油布子。他的手,一到寒冬腊月就会干裂,裂出一道道血口,出血后像拉拉秧拉过的小腿血印状。不忍直视。

爱情故事

　　毛毛,的的确确是狗的名字,至少高家胡同里的叔伯婶娘们,知道它。

　　也知道黄豆芽。

　　胡同里,从南到北住了八户人家。赵钱孙李,周吴郑王……姓氏,百家姓里有;名字,新华字典里有。

　　高家胡同编外的那户人家,就是拉拉秧大婶的婆家。

　　赵如鱼在白马河村算得上一表人才。好像还是个读书人。这和"假洋鬼子"是迥异的。和"阿Q"也不相同的。如鱼得水的好景不长。以至于他与邻居们的关系,也是不远不近。

　　而且他的老爹,重操了旧业——杀猪。

　　"我的妈呀,白刀子进,红刀子出——这曾经让我思量了一个夏天,这样血腥的谜语我总是答不出。幸亏白芷提醒了我。"念念叨叨地,不止我自己。防风好像也念念叨叨了不少时日。一个人,念念叨叨多了,就容易转圈圈,大多又是怪怪的。我们总是太痴迷。

　　生活就像一个迷宫。有的人找了一辈子的出口,依旧在原地打转;有的人明明知道出口在那儿,反而不想走出去;有的人乐不思蜀,哪怕朝闻夕死;有的人横冲直撞,哪怕撞得头破血流……

阴影

如影随形的感觉,好像重了,小 A 怀疑自己得了某种怪病。

小 A 选了块空地顺势斜躺着,向不远处乜了一眼,木护栏已经有点儿摇晃,来来往往的游人好像浑然不知的样子,继续——兀自——上上下下。

时候已是深秋。小 A 模仿槐花大嫂的风骚解开了外衣的扣子,突然想起了"耶稣的信徒"王二毛般的祷告,于是,他在胸前胡乱地比画了一番。

小 A 掏出揉得皱巴巴的广告纸,咽了口唾沫,饿了。他翻过报纸的副刊,渴了。五花八门的广告,让他羡慕不已。买卖、出租、转让、招聘、求子、征婚、离婚,以及包治百病等。至于副刊,他更是不敢恭维了。至于那几个作者的名字,他早已耳熟能详。每期无外乎不知算作散文,还是算作诗歌,要么算作杂文,抑或是小说,戏剧更是谈不上……乱七八糟的,肤浅,呻吟,绝不同于呐喊,他感到了彷徨。

一个熟悉的名字赫然纸上,他又一次啧啧称赞了一番。尽管至今未曾谋面,也许今生根本就无缘相见。想到这,小 A 格格地笑了。

马虎大妈说,"小 A 没有脱胎成女孩,真是老天没有开眼!"

小 A 的身上依然还有农相,保留着羞涩与纯真,他有点儿想不开,不明白。在家的时候,绝对不想出来,隔壁老王已经搬进城里了。既不眼馋,也不嫉妒,他不屑老王的不辞而别。他惦记着老王的三闺女呢。老王的四个闺女,个个美若天仙,个个气度不凡,一梅,

二兰,三竹,四菊。大闺女许给了章黄金的小儿子了。章黄金的弟弟章白银是白马河村的一把手。

"明白了吗?"小A扯着嗓子朝老头子喊。

老头子不是别人,老头子耷拉着脑袋,远远地望去,他就像霜打过的茄子棵。脑袋好比插入泥土的紫茄子。老头子不争不辩解,卑微地活着,看到小A一脸的无辜,他的头埋得更低。几乎钻进了地缝,如果有的话。

老头子和我的父亲虽不是发小,却是工友。

木厂的活,一个字,累。来木厂干活的人,一个字,穷。木厂,占地面积不小,当时地皮一文不值。大,也就无所谓。纵使有所谓,也和穷人们无关,和父亲无关,和老头子无关。那时候,木厂最瘦的要数老头子了。其实,他的年龄并不是很大,他比我的父亲还小三岁呢。然而,他的面相,却是木厂里最显老的那位。以至于,人们送他一个外号——老头子。

他的孩子多。

他的家里住着一个外地人,据说是研究中医的。那时候,东边住的一百八十户人家,没有一家愿意接纳他,毕竟一个身份不明的男人。

"蛇床子。"小A背后里赌咒那个男人。

我对蛇床子也是鄙夷不屑的。不喜欢他的原因,应该是我不喜欢外人入侵我们的村庄。我们的村庄,寂静,清爽,干净。村庄里有几户人家养了几条笨狗。从前,村子里是没有狗的。更没有狗的东西。村庄里的一切,干干净净。行道树,棵棵精神抖擞。有时候,情不自禁地鼓掌。有时啊,云落下来,如"莫愁湖"里的"桃花水母",美不胜收。有白鸟飞来,流连忘返。有芦苇纷飞,如雪花曼舞。置身于这么美的地方,理应心里没有阴影。可是小A却迟疑了。

蛇床子的手有点儿贱,不知道是小儿麻痹症的后遗症的缘故,还是心里有鬼的阴谋,她进来的时候,他顺势摸了她的屁股一把。尽管老头子看上去有些老,可是他的婆娘正是好年华。正是风韵满满的时候。饱满的乳房,挺得像过年的发糕。应该更像刚出锅的馒头,摁上去的坑,随即不见了。这个被风鼓吹满的乳房,只有老头子可以正大光明地揉或者摸,甚至虐待,甚至视为珍宝。

蛇床子的口水流了下来,像那种得了口腔疾病的傻小子。那个样子,现在想想,我还会忍俊不禁呢。

村子里大大小小的秘密,我总是捷足先登——洞察,奇怪——我啥时候有了这项特异功能?

蛇床子研究偏方,鬼才信? 小 A 的娘却信以为真。她在想,治好自己的病最好。倘若治不好,也好啊,至少院子里不再空落落的。至少章白银家的狗,不会跑进她的东屋。她可以独当一面的。狗怕人的,况且又是丑陋的人。小 A 暗暗地骂它,"野狗。"的确,家狗怕野狗。

小 A 的两个妹妹,送人了。天空阴得好像被天狗吞了。两个妹妹,乖得很,被两个女人抱走了。手里的拨浪鼓摇了几声之后院子静如死水了。

两个女人,是生面孔。从头至尾,没吭一声。

唯有桌子上搁着一包中药,看上去不沉,一角翘了起来。条几旁边的钟不摆了,时间停了。并定格在下午三点一刻。仿佛空气凝固了刹那,而我也被偷袭,点了哑穴。我猜包里的中药是哪一味,如此贵重——两个千金才换此包。

这时候,有人偷着乐。小 A 偷偷地瞥了他一眼,他的手里攥着碎纸片。有汗浸出。额头有黄豆滑落。

小 A 退学的事,瞒着老头子哩。

小 A 对语文老师陈小北极其反感。小 A 喜欢鲁迅先生,陈老师却说周树人的文章不如周作人的耐读。

小 A 瞪了陈老夫子一眼,牛蛋似的又大又圆。

恰巧被陈小北瞥见。教竿子一指,小 A 懒洋洋地起身,敬礼,然后罚站。然后溜走。去西边的厕所,男女厕所仅一墙之隔。气味异常。发育期的各种气息掺杂在一起,可想而知,没有谁愿意长时

间待在那里。除了小A。他的鼻子不同于常人,偏小,如蒜瓣,灵敏度不如白芷,灵活性不如防风,甚至不如我。呆板,我以为我是天下第一。没料到,他更胜我一筹。

厕所的北边,镶嵌着一片菜园。一个胖胖的肥女人,在院子里伺候着青菜、辣椒、茄子、豆角,各有各的领土。四周篱笆插成的矮墙,主要是防止野猪偷袭。菜园的尽头是一个胡同,胡同向东有个夹道。夹道在油印室的后窗北面。油印的试卷,出自那里。出自一双软绵绵的手。我记得他,应该是一个英语老师。说实在的,他的英语蹩脚得很。不过,教我们绰绰有余。小A更是头痛,就连二十六个英语字母都记混,更何况句子或者段落。听英语,犹如听天书。小A想:好端端的,学什么鸟语。还不如日语好学,"土豆那里挖?土豆山里挖。"什么乱七八糟的。沙扬娜拉,最是那一低头的温柔,他努力想起一个女孩,却只是想起一个幻影。一个侧面,或者梦境。

一个梦而已。

青春是一首歌,更像一场梦游。醒来,记住的恐怕只有一个影子。历久弥新。你看,拉拉秧的老公至今还想着青花的呻吟。而拉拉秧周围的男人更是数不胜数,却一个也没有记住。就好比她是一只老母鸡,落下的蛋不计其数了。至于落在哪儿,她是万万想不起来的。就连她的儿子是谁的种,她都记不确切了。据都姥姥的小道消息透露,小拉拉鼓——三岁时像铁道工的眉眼,八岁时像江湖郎中,如今像章白银的侄子章小溪。唯独不像赵如鱼,也不像赵得水。在乡下,不像自己像自己的兄长不足为奇不足为怪。走路的样子颇像他。这一点,他就干了一杯酒,心满意足了。于是,手舞足蹈。薄酒下肚,血气方刚,一把铁锨,他去地里干活了。他拎着铁锨的样子极其吓人,小A以为他去报仇——拍死那些专盯有缝蛋的苍蝇。一个懦夫。一顶,不,九顶,甚至更多绿色的帽子——赵如鱼顶着,一点儿不嫌累,仿佛他改了行——卖绿帽子。他说,瞧着吧,等帽子满天飞的时候,他会赚一笔。小A看见帽子的影子到处晃。

太阳光跟着跳。在菠菜叶子上,在芹菜茎上,在菜花无数的小花上,在青色的砖上,在红色的瓦上,在锈色斑斑的铁上,在光滑的大理石上,他像一个王子,跳啊跳……小 A 的心跟着跳,跟着走,跟着——那么地心甘情愿,那么地死心塌地。

槐花嫂子的影子也跟着跳,不同于阳光的那种娇媚。透过影子,小 A 幻想她的泼辣。幻想,本是对美好生活的向往,可望不可即。现在就好比某个明星吸了毒。可怜的人哟!可怜的孩子啊!可怜的现实呀!

"菜园的主人,是这所中学的三把手。也是白马河中学最洋气的女教师。我独独对地理老师倾慕,尽管她挺着个大肚子。我喜欢她,尽管她不知情。所以,我的地理课总是考满分。我的历史也棒。我记得那个历史女老师皮肤黑黑的,最初以为她家是开染坊的。因为,她每天换一套裙子。不同色,却同款。这也是我们误认为她的家庭背景的根据。我们一共没有说过几句话。可是,我也喜欢她。黝黑黝黑的脸,洁白洁白的牙,褐红褐红的嘴,漆黑漆黑的眼,细长细长的手,百看不厌,别的同学看黑板,我看黑妮的脸,每天都有细微的变化——听说,她在谈恋爱。天哪,谁在恶作剧?"小 A 自言自语道。

唯独与陈老夫子有瓜葛。

陈老夫子并不老,却迂腐。对女同学又偏爱,小 A 对此不满。比如课堂提问,从不提问男生。课间辅导,总是在几个女同学之间徘徊。其中有一个他暗恋的女孩。小 A 的心里有了阴影,可是学习成绩依然名列前茅。"妈妈的,"母亲常常这样幽默,估计不是骂我,我一直没有理解她的深意。"妈妈的"母亲是指连我也是妈妈的。一个人不管多么牛气冲天,都应该敬畏生命,敬畏美,敬畏妈妈。陈老夫子也是。肚子里的墨水再多,也不能胡作非为,也不能忘了相濡以沫的内人。

小 A 的作文特别棒。然而每次都不会被当作范文在课堂上读。他的阴影便会加重一层。气急败坏的时候也有,小 A 把月季上的刺摘了七个,摆成北斗七星的样子,他要用北斗七星横夜半之

阵,破陈老夫子的"孔乙己茴香四种写法"之屏障。

小 A 挥之不去的阴魂不散的,除了陈老夫子,还有蛇床子。

纠缠不清的,除了蛇床子,就是槐花大嫂了。

蛇床子赖在他家不走了。老头子过于安分守己,过于一言不发,地道的老实人,朴实的乡下人。幌子,明眼人都看出来了。他想鸠占鹊巢。小 A 的娘叫什么名字,我至今也不晓得。我也懒得去打听——对于一个笨女人——无话可说。着了道,或者有了异心。

蛇床子,一半的时间待在院子里,一半的时间留在沟壑里。寻药挖药洗药煎药试药,一个人完成。想想,也挺牛的。小 A 偷偷地竖过大拇指。

光药壶,小 A 家的院子里摆了七八个。到处散着药草的香味以及苦味。小 A 的书房成了诊断室。蛇床子在那工作。在那装腔作势罢了。——看妇科一绝。在那个愚昧的年代,在那个闭塞的村庄,在那个老实巴交的胡同,他的名气并不是太高,传播得太慢,那时没有网红,没有手机,没有抖音,没有微信。却有长舌妇。

白马河村的长舌妇属小脚女人的弟媳妇最毒。

白马河村的男人们,不知什么缘故,有极少的无能者。

拉拉秧的男人赵如鱼就是这拨人中的佼佼者。拉拉秧像一头母牛四处觅食,慢慢地反刍。

槐花嫂子的丈夫也是,像个醉鬼。成天抱着酒瓶,走路的姿势像练醉拳。如醉猫,在屋脊上行走。

不知是先天的缘故,还是后天的缘由?

有一些阴影在老乡的心里,驱赶不走。却没人怀疑水有没有问题?大气有没有污染?大地呢?

小 A 喜欢菜园。在中学是这样,在乡下是这样,后来进了城也是这样。在中学,大多是罚站的时间,他去那儿。他去那儿,总会遇见胖胖的肥女人。确切的时候,是望见,或者窥探。最初,是无心瞥见的。接着的几次,他却盼着望见。尽管每次,他都没有失望。那个肥女人的屁股真白,像槐花嫂子的乳房流出来的乳汁一样贼白。像十六的月光一样,让他的脸微微地发烫。

女人总会又牵扯的。

幸福的女人总会雷同的,不幸的女人却是各有各的不幸。

肥女人,其实是一个代课老师,她懂得化学。若不然,她怎么会旁若无人地蹲在一块光滑的大青石上宽衣解带呢?鸡蛋壳白的皮肤露出,没有羞涩,仿佛做一项实验。或者爬满篱笆的藤蔓若一块布为她遮住了隐私,或者她根本没去想,她只想着享受阳光的抚摸。她自始至终没有发现小A。小A本没有刻意躲藏。也许,两个人本不在同一个空间。可是,小A看到了她自以为美的地方,最为得意的私处——造物主的杰作。其实,小A看到的只是黑线团的黑,或者就是化学反应后的变色而已。他倒退了三步,倒抽了口冷气,小A,毕竟还是个孩子。顶多算得上是个少年。懵懵懂懂的那个年纪,朦朦胧胧的觉醒,青春痘初现的那些日子,小A有了想法。他想起槐花嫂子。想起在乡下的年轻小媳妇,未来的“小寡妇”。对于她来讲,守活寡的帽子戴在她的头上,一点儿也不夸张。那个醉猫,除了喝酒,还会什么?

乡下的菜地,既集中又分散。一般按队分,比如2队的,在风景一带;3队的在学校操场的后边;4队的在南坡。一般来讲,按最近原则。自然,也有例外。这和村里的其他事,亦有同工异曲之妙。比如,给死了二十年的人,分一块地。理由是户口本找不到了。更大的妙处,在于死者是章白银的亲戚。章白银已由一个门外汉提拔成一把手了。一把手,往往可以一手遮天。遮住他那巴掌大的天。我们乡下人目光短浅,总以为生活在一口井里。个个如青蛙。十个青蛙不如一只蟾蜍。青蛙捉虫如农人割麦,足以果腹。安分守己,知足常乐。佩服,我十分想念那一段静好的岁月。其实,我也是一只坐井观天的青蛙。只是,一步一步跳出了故乡,跳入了滚滚红尘,跳进了城市。尽管城市是个小城,或者边城,处于道德的边缘,处于文化的边缘,处于人性的边缘……处于菜园的边缘。菜园的东边是荒荒的山坡,正在开发中。正在破坏中。及人腰高的草,正被镰刀放倒。机器

还没有运来。再往东是铁路。四四一十六，十六根铁轨南北贯通，一头通向电厂，一头通向蚕厂。火车牛气冲冲，冒的黑烟，把马虎大妈种的棉花染成了黑泥罐子。袖珍般的哟。

菜园，适合两个人偷情。自从小Ａ发现近视眼与槐花嫂子相拥而泣之后，他才浮想联翩。她的后背，有一个褐黑色的痦子，铜钱般大小。花背心让他垂涎三尺，花背心前的起伏让他火冒三丈。

"成何体统？不像话——光天化日之下！"

小Ａ又一次"呸！呸！呸！"

茄子成行，辣椒成垄，豆角成架，小Ａ形单影只。

他想杀死一只知更鸟，尽管他不知道啥是知更鸟。阴影，挥之不去；那个丰乳肥臀的女人，他始终没有遇见。

马虎大妈的心理似乎出了问题。黄豆芽走了背路。黄豆芽家的毛毛死了。毛毛救了黄豆芽的舅爷。夜黑，夜黑黑。舅爷多喝了二两酒。走得晚一些。正歪的舅爷非想回家。母亲拗不过，让黄豆芽送送。毛毛跟着走了。毛毛被舅爷抱走三个月了。毛毛已经学会喜新厌旧了。送到村子的北口，黄豆芽骑车子回来。毛毛跟着摇摇晃晃的舅爷往西走，过桥、拐弯、过铁路，然后一声急刹车的尖叫——一道光纠结着消失了。毛毛咬了夜行人一口，然后来不及呻吟就命归黄泉了。舅爷爬起来，哭了。那夜的风，冷得很。抱回了家，埋了。他怕被野猫衔去。又怕被野狼吃掉。前些日子，小东章那一带，流传着狼出没。

众所周知，毛毛是黄豆芽抱养的一条狗。好比小Ａ也是抱养的，只是他不知道。只是老头子重男轻女的思想如一团黑影挥之不去。

与槐花嫂子相好的那个男人跌进了白马河，没有捞上来。

白马河并不深。小脚女人怀疑他就是那个水鬼。她恨恨地说，该死的母牛。她不会忘记那个趴在她身上的黑影，甚至冒充是鬼魂。怪不得他不再来了，原来淹死了。或者又一次被骗了。或者又一个人成了有故事的人。

气愤的是,槐花嫂子又有了新欢。

小 A 咬得牙咯吱咯吱地响。

故事发生在他家的屋檐下。那天他的妈妈破天荒地上坡了。坡上有山,山上有树,树上有鸟,鸟上有云,云上有日。

小 A 突生了负罪感。他第三次看见了槐花嫂子的胴体,半裸的。他又不是画家,所以无法原谅自己的眼睛。这次,另一个影子让他更加握紧了拳头。在他的书房,两条蛇缠绕在一起。书房有一块玻璃,恰巧在厨房可以折射出。小 A 用烧火棍在锅底搅了搅,尘灰飞扬。

"他也配。"小 A 跑了出去,羞辱感倍增。

第二天,槐花嫂子家的菜园被猪拱了。

奇怪的是蛇床子不辞而别。小 A 更加纳闷。

更不解的是槐花嫂子淹死了,在她的大染缸里。

小 A 发现在大染缸的旁边有一个酒瓶,好像在哪儿见过。记不起了。他的脑子里总有她的白皙挥之不去,更有她的紫癜让他惊魂未定——他的怀疑——让自己喘不过气——阴影也有底线。

底线

　　黄柏把草青色的帽子往朱漆早已剥落的堂屋门的铁钉上一挂,一会儿,混浊的泪珠在眼眶里打转转,混浊和昏暗的灯光纠缠不清,好比黄连与老村长之间的牵扯,愈发地不清不楚了。

　　黄柏把顶后窗的戒尺放了下来,吱嘎一声——极轻的声音,他打了个激灵,突然想起1995年的那个冬夜,一只小花猫用爪子划拉开了薄薄的冰层——破裂的声音,极像,极慌张,他的心好比猫抓狗刨一般。他有一种不祥的预感,白马河村——四分五裂;或者高家胡同——空空如也;或者马虎大妈——寡妇门前……哎,只剩下一声叹息。

　　这一放,月亮被关在杨树林了。

　　这一放,腰的老毛病犯了。习惯性地用右手捶了捶他的"老腰"。"咳咳咳!"这一捶不打紧,刺激地咳嗽了三声,左手连忙捂住了嘴。毕竟老了。就连胡子茬都有点儿泛白了。而且蔫了。

　　黄柏决定铤而走险,他抓起了挂在东墙上的镰刀,锈迹斑斑的样子,着实让人心疼,心想:瞧,这就是懒惰的宿命。人一懒,地就会荒芜。镰刀已经无用武之地了。就成了闲置品。没用了。好比牛老了,只有反刍的份了。黄柏吐了个烟圈,烟圈单薄得很,像淡薄的人情。已不像1990年那么潇洒了。

　　镰刀在手,麦子也就熟了。

　　他嗅到了狗尾巴草的芬芳,他羡慕高老头,至少他还能放羊。可是他自己呢,除了瞎溜乱逛,就没有别的了。

　　马虎大妈病重的那段时间,他居然从高老头的手里抢了两个

"血馒头"。狗血馒头可以治病,还是从小说里淘到的方子。而且被他引申了。至于是不是狗血染红的馒头,鬼才知道。有些东西,居然有死灰复燃的趋势。

读小说的黄豆芽掉进了菜窖,醒来以后,就被高老头关进了柴房。

小人物也有底线。

前些日子,黄柏学会了左思右想。他把胡同口的那株老槐树审视了一番。从树冠到树干,从树干到树根,就连树皮的深浅、沟壑、凸凹,也要一一检查。让潜伏的"特务",无处藏身。花大姐呼哧呼哧地飞走了。一些生命,开始了流离失所。蝉也不鸣了,蝴蝶也不再飞入黄豆芽的窗口,天牛掉下来,螳螂也不"螳臂当车"了,蛐蛐进城了。胡同静了。

远远地看,老槐树就像一个老妪,一个被吸干奶水的老妈妈。

如果油画家的颜料还有剩余,泼在她的身上,你会发现——一个奶水丰盈的美少妇,一只手摁住婴儿的头,一只手拖住粉嘟嘟的小屁股。一个母亲,一个有底线的女人。

如果下一场雨,更好。顷刻间,她化作了胖乎乎的少女。

黄柏想到这,笑了。一种潮湿的感觉,似乎有点儿草率,背后的汗沁出来了,这比遇见拉拉秧还厉害。媚眼,对他毫无用处;雷打不动——王八吃秤砣——铁了心。全村五百多户,一千多个成熟女性,唯有她入了他的法眼。

黄柏把心底的秘密,埋得极深,另外捡了块大青石压在上面。石头上镌刻了字,"镇妖石"不合时宜的金色大字,并非源于太上老君之手。对于蠢蠢欲动的心,只不过也是形同虚设。

K医生出场了。K医生也是一个有底线的好医生。他摸过拉拉秧的屁股,拉拉秧的屁股——谁都可以摸,只要是个带把的。拉拉秧,曾经横行霸道的母老虎,却成了病猫——四处传播疾病的坏女人。飞短流长,她的拿手好戏。挑拨离间,她时刻准备着。拉拉秧,赵如鱼只好睁一只眼闭一只眼。赵如鱼习惯了。底线,见鬼去吧!他

感到自己充其量是废人一个。暗暗地咒骂 K 医生庸医一个。小毛病,治了十年之久,不见起色。黑蚂蚁也吃过,狗脊也喝过,牛鞭也爆炒过,猪腰子也吃过,不见有功,只见腰围粗了。赵如鱼胖成黑猪了。在地上蹲久了,就喘。趴在床上,俯卧撑已经做不了几个。拉拉秧更加鄙夷不屑。晚上,回来得也晚。午夜时分,才进家。以至于高家胡同的白芷撞见她的时候,以为撞见了鬼。撞了个满怀,拉拉秧一把把白芷甩一旁。她不喜见白芷。青花还没有过门。后来成了拉拉秧的狗腿子。白芷也成了她家的常客。拉拉秧不接客,尤其在家里。她还是有点儿底线的,要点儿脸面的。

赵如鱼说破了嘴,然后跑到老村长的办公室,写了一封信,压在他的枕头低下,跑回了家,喝了二两酒,披了件黄大衣,又跑了。

翌日,他喂了鱼。

从那我再也没有看见他。

他说,没脸见人了。

有小鱼在池塘里翻身,一会儿白,一会儿青。

有女人在阳光下奔跑,脸,一会儿青,一会儿红。

好事多磨

母亲说,"好事多磨。"

母亲的眼角湿湿的,院子里的老楸树好像晃了晃,看不确切。只是那些高高在上的泛黄的叶子簌簌地落下了。我的心咯噔了一下,又是一个冷秋哟。

母亲不知道我为什么不说话。

好比我不知道羊为什么不说话。

三姑六婆先后来过了。

但是大家意见相左。尼姑、道姑、卦姑,这三姑说我"文曲星下凡","命中注定有这一劫"等等此类的胡话。我是不信的。母亲半信半疑。唯有父亲信以为真。以至于我与父亲之间的代沟,从那时就已经"深挖"了。而且越来越深,渐渐地变宽,简直成了鸿沟。我与他更是不说话。持续了好些日子。

她们不知道,我却和羊说话,可是羊却不和我说话。或许,它对我还有芥蒂。或者说,对我们人类还有戒心。毕竟,让它们走进羊汤馆的是满脸堆笑的汉子,又由满脸横肉的好汉开肠破肚,接着又让头大脖子粗的伙夫烹调熬煮,最后却让满嘴"仁义道德"的夫子们装进了"胃"。我为他们汗颜。

这也是我极少喝羊汤的缘故。

六婆却说我是小时候撒下的后遗症。

六婆,其实,我并没有都见过。

接生婆,我认得。她是我们村最后的小脚女人。她是马虎大妈的闺密,或者类似于闺密之类的吧。马虎大妈却是我们村最后一个

寡妇。不像有的女人,男人死了还没出五七,就急匆匆地另嫁他人了。我鄙视那样的女人。如果我再小一点儿,比如三岁,我会"呸呸"地吐唾沫,瞄准那个"连脸都不要的女人"的"脸"上,"胸"上,"屁股"上。那屁股翘翘的,好比露出的狐狸尾巴,带着一股"骚味"。对她,我更是鄙夷不屑的。

至于牙婆、师婆、虔婆,今生是无缘见了。

媒婆,我早早地就接触了。

那年,我才8岁,小学生。

远远地看见一个糟老头在大街上晃,约莫一刻钟,他径直走进了"高家胡同",随后钻进了木栅栏的那家。胡同里,最穷的那家。骗酒,是他们惯用的伎俩。他说,"令公子眉清目秀,必成大器。"母亲一听人家夸了自己的"老大",就从里屋端出了一碟"大疙瘩"咸菜,拎出了父亲藏在装有棉鞋的纸箱子里的半瓶"兰陵大曲"。那老头一把夺过去,一磕,开了瓶盖。顿时,酒香四溢。

我冲了进去,恐怕母亲上当受骗。把书包向着他坐的木墩处,狠狠地甩过去,他不吱一声,只顾自己又喝了一口酒。

"大学生回来了。"他乜了我一眼,幸亏不是剜。

带点儿讽刺,母亲却没有听出来。其实,她是不识字的。直到我上了初中,她才会写自己的名字。尽管弯弯扭扭,也是让人兴奋的。一是,母亲终于会写自己的名字了。二是,我也高兴。字,是我一笔一画教的。

因为我笨。估计,我不讨老师喜欢。因为,我常常得到他们的"奖赏"。譬如,"嗨!""诶!""哎!",还有"滚!",好像我无可救药似的。

"朽木不可雕也——"

想必,我就是他们眼里的"朽木"。三十年后,才知道——他们好像错了。那些所谓的他们的"得意门生",继续"土里刨食",继续"斤斤计较",继续"东家长西家短"。

所以,每次放学回家,我总是倒数第一个。

因为，我要扫地。一是，我瘦小；二是，我老实；三是，我喜欢安静。当然，第三条，他们是猜不到的。至于"宁静才能致远"的道理，又有几个人懂呢。

我有一颗小小的善良的心。我连一只蚂蚁都不舍得踩，我连一个鸟窝都不舍得掏；甚至蝴蝶也不逮，蜻蜓也不捉，我却喜欢看蚂蚁上树。因为胡同口有一棵老椿树，离我家最近，看蚂蚁上上下下，偶尔，还能遇见花大姐。

我回想了这么多，趁这个空隙，"糟老头"把那半瓶酒干了，滴酒不剩。突然地，他站了起来，摇摇晃晃地。他让我想起了一个女诗人，摇摇晃晃地，把一个明媚的春天直接摁进了秋天。

"老鼠拉木锨大的在后边。"他又说。

"滚！"愤怒把我气过了头。

"糟老头"跑了。一路小跑，好几次几乎跌到。

这一次，母亲喜极而泣，因为——我又说话了。

可是，羊还是不说话。

尽管羊是马虎大妈家的。尽管每一次我都是趴在矮矮的土墙上，和仰起头来拽杨树叶的羊，不期而遇。它的眼神，总是躲闪；它的命运似乎它知道，而我的呢？

好事总是多磨。这是其一。

孟庙的秋

一到秋天，我的左手就开始颤抖，不停地抖，好像鱼鹰佯装捕鱼时连贯的"招牌动作"。

一到秋天，我就坐不住了。

单单空气中的风就足以让我窃喜。薄薄的凉意，让我情不自禁地手舞足蹈起来。住惯了高层，早早地领悟到了高处不胜寒的妙处，不也是一种惬意吗？曾经低在尘埃里的爱，已经倔强地开出了绿萝似的小花。

我从不悲秋，就像我总是惊春。

一到秋天，我就会远离人群。

我不会在人群中多看你一眼，也不会在人群中被你多看一眼。

我是那只逆流而上的鱼，如果悲伤可以逆流成河的话；我是那枚落于空山的松子，如果你恰巧未眠，恰巧喜欢，恰巧——无巧不成书，如果你信，恰巧怜惜，恰巧懂得，清风卷珠帘，或者扶墙花影间。

恰巧我又一次重游孟庙。一切那么地巧合，一切那么地舒服，没有丁点儿的束缚；恰巧赶上我的孤独病又犯了，幸亏神经病没有打扰我，某个大师说过，每个人的神经系统里都隐藏着某些神经元，只是大多数的时候不会发作，只有受到刺激或者某种伤害的时候，偶尔会激起并发作。我也忘了什么是气急败坏了。因为我把自己置身于一个干净又安静的环境里了。

你瞧！红墙到了。

长长的红墙，长长的青石路，长长的思念，她早已忘了十八前的约定。常常在想,现在她的脸,如花间词,如初秋的落叶,如飘飞的蝴蝶。如影随形,如它的脚步声——轻轻轻轻地——如松针落在松针上。

不知不觉地溜到了孟庙的正门。

棂星门,我仰视了许久,这才发现瓦蓝成了天空的主色调。

踟蹰,五味杂陈,恐怕只有鲁迅先生最懂我此刻的心情。他的烟斗,冒出的青烟,画了一个又一个圈,我看到他的背影生出许多熟悉的形象——蘸着温酒用的水,写"茴香豆"的第八种写法的孔乙己;戴着银项圈的闰土,生蓝的天空;挎着小篮的祥林嫂,义愤填膺的九斤老太,说什么"一代不如一代"……如果孩子们再沉迷于手机的话,真的会"一代不如一代"。

孟庙的秋天,不同于别处。

置身于松柏之间,任阳光洒满全身,秋日的阳光比春末的月色还温柔,像她的小手给我隔靴挠痒的感觉。她已经记不清了。那时候,还没有手机,更没有自拍杆。解说员也不会理会我们。想必那时我还是一个学生娃。她,已经出落成一个美少女,像漫画里的那样出水芙蓉,拿来形容她,一点儿也不过分。我们在松林间穿梭,院子里的人极少。没有人干扰,我们也不会干扰到旁人,想必孟老夫子也不会生气的,毕竟我们还是两个乳臭未干的孩子。这个院落,幽静得很。

没有芥蒂,没有防备,更没有面具,而我萌生了爱意,却又徒生了羞涩,而且卑微之心愈发地重了。我不过一介布衣,一个乡巴佬,一个泥腿匠,一个土鳖虫,——其实,也不是。我没有那么深的城府。这和我进城的初衷是风马牛不相及的。

忽的一只蝴蝶从我的眼前掠过,迷离感扩散起来,不远处的石龟与石碑,活了似的,整个孟庙就像个海洋。生命,热爱生命吧!年轻的人们,珍惜生命吧!未来的孩子们,相信生命吧!追梦的少年,继续追梦吧——舞台就在城市的最中央,有梦就有未来。

蝴蝶停在她的紫色连衣裙上,风一吹,衣袂飘飘,我的心醉了,

像是喝了一杯心酒。把整个秋天灌醉了。

那次孟庙之行之后，我们就再也没有见面。我去了南方，我们只有靠书信交往，然而书信太慢，再加上各自又有了新的朋友圈。慢慢地淡忘了。只因我爱上了小松鼠，渐渐地连书信都不写了。更多的原因是懒惰，特别是我这样的男孩子。致命的缘由应该是听说，听说她与我最讨厌的那个男生恋爱了。就这样拉开了距离，画上了金箍圈，谁是妖精已经不重要了。

我也把心收了回来，开始关心弱势群体，关注小动物了。

况且这里的松树林，幽静；颇像那时的孟庙，那个只有我俩的秋天。松针落下来，仿佛告诉我：起风了。松鼠跳下来，好像在告诉我：秋来了。

她的名字权当叫作茶花女。因为当时我正在阅读小仲马的《茶花女》，对她颇有好感，一个不同于胭脂俗粉的俗物，干脆就叫作人间尤物。她应该是附近村庄的女子。因为这座南山隶属于我们林校。这座山林僻静，这也多亏了大老乡的指引，我才发现了这块风水宝地。对于天天嗷嗷叫的酒鬼，未必不是一块容身之处，甚至可以作为墓穴，醉死算了，对于那些醉生梦死的鬼混小子。又何必嘴下留情呢？

我在读书，读得多了，难免困惑；时间久了，难免困倦；"万般皆下品，唯有读书高"——我自顾自地打起盹，看上去颇有些恹恹欲睡的模样。"两耳不闻窗外事，一心只读圣贤书"，曾经是我真实的写照。

林子很大，足以装下我的故乡。又迥异于故乡。故乡没有山，只有一座矸子山，堆着废弃物的。故乡本有湖，却被粉煤灰填没了。

故乡却有庙，其名孟庙。这是我念念不忘的缘由之一。

一个松球落下来，被我一个头球甩到别处。我不自觉地打了个喷嚏。惊飞了两只布谷鸟，"布谷布谷！"它们隐藏许久了吧！"布谷布谷！"它们唤起了我的潜意识。那浓浓的思乡之情，就像母亲熬制的八宝粥——弥漫得老远老远。那浅浅的懵懂之情，好比梅雨过后的鹅卵石——潜伏得若隐若现。

"南方插秧,北方割麦。"布谷从南飞向北,又从北飞回南。南方绿油油,北方金晃晃,我的心跟着阳光荡漾——我从北方来,我从孟子故里来,我从孟庙的红墙外款款而来,我从千年桧柏的枝丫上飞来——我是那离经叛道的灰鹤,我是那磨去光泽的竹简,竹简上的小篆,小篆心里的墨,墨的前世——埋在大地深处,深深地,深深地……只等与你今生相遇!无论你是不是她的"使者",我都会一如既往地等待!

无论身在何处,我总会想起孟庙的秋天。

我的手依然在抖,攥笔的手,早已经预告——秋来了。心里痒痒的,置身于空寂的孟庙里——我笑了,怯怯地想:她不会来了吧?

精灵般的阳光,穿梭在古柏与桧柏之间,风的一举一动,尽收眼底。大红之后必然大紫,我看见红墙换上了紫色的裙摆。

一个紫裙子朝我跑来。

白月光

在北方，老城颇多。

老城的故事颇多，如牛毛，如繁星，如撒哈拉沙漠的流沙。

老城，却是我仰慕已久的栖身之所。在乡下土里刨食，面朝黄土背朝天——只为有一天能在老城里扎根。我的父亲，在麦田里耕作；我的父亲的父亲，在麦田里守着，守着那一亩三分地。

一亩三分地只为温饱高家胡同的某一个人。

高家胡同就像一个牢笼，尽管没有绳索没有栅栏没有高高的墙，我依然被无形的鬼手拽着，莫非我得了魔怔。以至于我在老城生活了七八年，还误以为被关在高家胡同呢。

然而月光是关不住的。

春光也关不住。

老城也是。我总是睹物思人，难以喜新厌旧。我在小城里游逛，无人问津。毕竟我是一个普通得不能再普通的人了。容貌不出众，衣着不绚丽，锋芒又隐藏，宝刀未磨砺，我不过也是路人甲乙丙丁中的一个。尘埃中的尘埃，红尘也罢，灰尘也好，落定也行，飘移也行，无人问津。不灰心就好。有白色的月光，让我在胡同里安安静静，像文化广场冷冰冰的雕像。有白色的栀子花，让我在城市里不再落落寡欢，像庙宇屋檐上的风铃——叮叮当当。

我认识一个跳来跳去的小男人。每次遇见他的地方，都不尽相同。周一在东关，周二在西关，周三在南关，周四在北关，周五在古塔，周六在古柏，周日在古槐。一个跳来跳去的小男人——黎明时还在龙山路，日出时已在峄山路；日上三竿时窝在孟子湖畔，响午时分已到护驾山下;太阳偏西时徘徊在朱山公墓,日落西山时醉倒在电灯房街……霓虹灯闪烁,夜里行走的久了,未必没有遇见过"鬼"。他背着编织袋,在城市里行走——他背着编织袋,在城市里行走——行尸走肉,他说,他的嗜好就只有酒了。唯有醉生梦死,才能支撑他等到第二天的太阳。他害怕白森森的月亮,弯起来就像白茫茫的象牙。鼓起来,又像冷飕飕的石碾悬在荒王陵的明楼上。

小男人在城市里行走,引起了我的注意。

那时,我刚刚大病初愈。无所事事,只好闲逛。勾起了我的灵感,甚至诗意大发。倘若遇见昔日的她,会不会醋意大发?我还是一个木偶,线等她来拉。只是知道她也在这个小城。只是好多年不见,只是想再看她一眼。看一眼,就已经心满意足。然而茫茫人海,又谈何如意?况且也不知她是否远嫁他乡?是否留校观察留在了学校,做了辅导员。到头来,一个落花,一个流水。

可怜巴巴的样子,有没有让路人忍俊不禁。

失魂落魄的样子,有没有让月亮黯然失色。

小男人穿梭在大街小巷,穿梭在城中城,穿梭在顺河路,他说他不过就是一只苍蝇。然而他最厌恶它。后来的事,更是让我费解。

他不仅憎恨她们——那堕落的身体,那多情的灵魂;而且同情她们——那可怜的身世,那可怕的信仰。

他发誓他要去光顾她们的生意。尽管见不得光,至少太阳光——她们惧怕!唯有月光,给她们些许安慰。唯有夜的黑让她们忘记日的白。靠出卖灵魂而活着的女人啊,的的确确是可怜的。有没有不得已,莫非也是情非得已?莫非也和我一样曾经走投无路?也掉进陷阱,也被黑漆漆的东西团团围住。黑,又有什么?拨开乌云吧!小男人咕噜咕噜地喝了半瓶老白干,这是他麻痹精神的一种手段。痛苦早已不复存在,眼泪早已风干,牵挂即将荡然无存。他有一个儿子,也有一个女儿。儿子叫"败家子",女儿叫白月光。你猜到了,他叫白市井。给儿子取名字,取"才子佳人"之意,白佳子。甚是不妥,起初并没有在意,只是兴高采烈般的高兴了。儿子——中年

得子,其实他并没有那么大的年纪,只是他长得太着急了。

他原在老县门一带做点儿小生意,后来秤砣被没收了,就不干了。他既不圆滑,又不会巴结,以至于成了一个闲人。靠原来的积蓄,供儿子上学,娶妻,生子。他这棵摇钱树终于被摇得光秃秃了。于是,他被那个伶牙俐齿的好儿媳撵了出来——像一只丧家之犬,在城市里奔突。

他本想一走了之,或者一死百了。可是,可是,一想起他的白月光,泪——涌了出来——从那两个黑窟窿里。

心里狠狠地骂那个臭婆娘,离婚就离婚,还拐走了他的女儿。

他一直找,打听白月光的下落。

在城市里踯躅。

逗留。

爱一个人,恋一座城。我有同感。我在逗留,我在踯躅,我在寻找——她。她,算不算初恋情人?或者,只能算暗恋的一个影子。包括我。也包括你。或者更多的人。我喜欢城市的月光,可以把梦照亮。然而我更喜欢乡下的月亮。比如那首《老家的月亮》,也是我写给故乡的。"老家的月亮,落在马虎大妈后院的水缸里,落在老村长猪圈里的波尔山羊上,落在豆荚的露珠里,落在……"

落在背井离乡的路上,伴我一路随行。

我像一枚石子被故乡的弹弓弹得老远老远,跋山涉水,跨越千山万水,历经九九八十一难,折回到故乡。只是故乡变了模样,高家胡同颓废了许多,朱漆大门的红漆多半剥落,那棵小槐树已经高大了,已经开了几年的槐花,听了几年的坏话,吓了几年的坏人,包括我的发小——白芷。

好多的故事,我不在这里说。好多好的故事,以后再说给你听——现在还是说说小男人的故事吧!

白市井,城乡接合部的人。

鱼龙混杂。

以讹传讹,我以为他的名字叫白诗经,颇有诗意;后来想到了

《天龙八部》里的白世镜,一个道貌岸然的伪君子;我有点儿冤枉他了,一时自责得不得了。直到后来发生的那件事,我的良心就好了许多。

哀其不幸,怒其不争。难以想象,还有许多的麻木的灵魂,落后的思想。甚至还不如孔乙己。甚至还不如祥林嫂。甚至还不如阿Q。

白市井出没于市井。表情麻木,如秋后的椿树皮。他四处逡巡,比如空的塑料瓶,半空的易拉罐,多半的白酒瓶,或者可以折卖成零钱的垃圾。他靠这为生,自从他的腿折了以后。

他有一个愿望——可能有点儿肮脏,他想去红灯区的粉红小屋里泡脚——足疗,让那些自以为是的胭脂俗粉对他另眼相看。他不晓得——狗眼看人低——数不胜数。他落后了。然而足疗也好,美容美发也罢,但愿不是挂羊头卖狗肉。尽量不要那么暴露,不要那么嚣张,哪里来的神仙,哪里来的气焰?

他的计划眼看着就要实现了。

可是,他哭了。一个小男人哭了。蹲在墙角,哇哇地哭。许久没有见着眼泪了,和海水一样的味道,苦一点儿涩一点儿。城市人是不擅于哭泣的,除了出生的那天。不哭,有可能会长成个哑巴。城市是一群人的狂欢。我也忘了哭,除了切洋葱的时候。切到最后,我们的心会不会和它的一样——空空如也。

他朝我走来,似乎发现了我在跟踪他。他瞪了我一眼。扭过头,侧着身子,继续听火车由远及近的摩擦声。

其实,我在偷懒,在一辆三轮车上晒太阳。这是一个桥洞东头的一侧。其实,这里极少有人通过。也极少有人来这里散心。偏僻,幽静,人迹罕至。有铁丝网拦住铁轨,有紫藤拦住绿铁皮,有错落有致的民房拦住乱七八糟的喧闹声。偶尔,有麻雀落下来觅食,想必有小飞虫在这降落。有狗叫几声,想必是桥洞西侧某家院子里的癞皮狗。时不时地叫几声,仿佛提醒点儿什么。

接连瞪了几天以后,就不在瞪了。或许,他感到了无聊,或者找到了同病相怜的感觉,或许戒心松了。他似乎发现自己——无利可

图,我又能图他什么呢？脑子转过弯,就会释然。

有一次,他递给我一支烟。我迟疑了一下,手在半空中停留了片刻,出于安全的考虑,因为不知道他有没有急性发作——同样怀疑他的精神有时不是太好。后来的事,告诉我——他的头脑清晰,思维敏捷。

多虑了。然而,那支烟,我没有点燃。哪里冒烟,哪里的巡查员就会受罚。

不过,我们算认识了。

间或,这个小桥洞还有陌生人经过。那是一个黑女人,等她扬长而去的时候,才知道她是一个交际花。只是我们没有油水可捞,从衣着上可以看到我们的穷酸。同样地可以看到她的风花。劣质的香水味,浓烈得我捂着自己自以为是的鼻子。他的小眼珠转了几转。在她蕾丝的裙子上逡巡,他的目光毫不掩饰地发光发亮。他的愿望就要实现了。他发的誓言就要兑现了。她知道什么？什么是春天？春天里的两个小虫子——蠢。

他凑过嘴说,"这个妞,认识。"

我吃了一惊,万万没有料到,他会用"小妞"这个词。

其实,他是地道的城市人。他的房子给了儿子娶媳妇,儿媳妇把他撵了出来。他花光了积蓄,给儿子买了车,却从没有坐过车。

他的事,我慢慢听说了。

后来,我在转盘北的一家药店上了班。一个常客,拉呱——把他的故事,说了出来。

他身上的异味愈发地重了。

他在岗山路的一家足疗店前,迟疑了片刻——进,还是不进？招牌尤其吸引他吧,我想。"白月光足疗会馆",我知道他在想什么,我知道他在找什么。

我不知道他的腿究竟是为了谁而折的。

他在城市里跳来跳去。拖着腿,背着麻袋,四处寻觅——白月光。

你可以在东西南北关发现他邋遢的样子,渐渐地,天天买醉,用酒精麻痹神经,怨天尤人,近而骂空。

有一回,他来买药。老远就闻见他的酸臭味了。

"牛黄解毒片,火大。"

"算啦!"我示意不要钱了。

"那不行!"他硬是丢在柜台几个一毛的硬币。

拖着腿走了,我的心里瓦凉瓦凉的。

过了许久,也没有见到他。不知他是否还在跳来跳去。我在店里,极少出去。我在店里,日子更加寂寞,却不空虚。

再后来,听说他死了。时间是一个雪后。我没有亲见,就权当是传言吧。他应该还在某个小城跳来跳去。他不知道,太阳照在白马河上,照在雪上,到处都是月光,白月光。

我的生命中又少了一个小男人。

却多了一片白月光。

青烟

青烟,与青楼无关。

青烟,渐行渐远渐无书。

青烟,是不是一个女子——失忆症又一次强迫我——无从选择。青烟,如郁达夫先生笔下的乡愁。青烟,如余秀华仅存的横店的炊烟。

极少见了。

我不禁感慨万分——物是人非。物是人非事事休,不争气的家伙从眼角挤出,落在坚硬如磐石的柏油路上,倏忽而不见了。不争气的家伙,不争气的人,不争气的鬼。父亲还在生我的气——因为我是一个不争气的人!从小过于女性化,从小过于羸弱,手无缚鸡之力,如宋朝的秀才,在我们乡下,我后来的学问不知与秀才还差几截。

拉拉秧笑话我,"癞蛤蟆戴眼镜——净充文化人。"

为了这,我愣是早早地戴上了眼镜。戴着戴着,就真的摘不掉了,成了地地道道的近视眼。你看,赌气多不好,伤人又伤己。

赵得水说,"狗肉上不了桌子!"扭过头又说,"烂泥扶不上墙。"扭长的脖子像被铁丝捆勒的吊瓜。整张脸也跟着扭曲了。那对滴溜溜转的眼珠像极了偷粮前采点儿的小耗子的鼠眼。在他左脸的中央位置有一个蚕豆般的痣,伸出一根长长的毛。慢慢地蜷曲,摸上去——柔柔的,青花摸过,白芷摸过,拉拉秧摸过。这根长毛,让他成了某处的焦点人物。赵得水,这个人不得了。他会吐烟圈,一圈一圈,青色的烟,上升,上升……他倚在"三剑客"之一鬼针草南墙外的老桂花树旁，仰头望着那轮"熄灭的火炉"——春天的太阳。

时间是春天。春天是煽情的季节。春天是激情高涨的日子大集合。春天是荷尔蒙分泌旺盛的好时候。

赵得水也不例外。猫叫春。他思春。拉拉秧胡思乱想。拉拉秧在家里排行老三。大姐二姐极其安分守己。四妹五妹极其勤奋好学。而她没有妮子样，学杀猪。白刀子进红刀子出，一进一出，三进三出，一头猪就这样一命呜呼，甭管多么肥头大耳，多么像老船长的四舅。她像一个老爷们！胡同里的女人们极少搭理她。就连马虎大妈都躲瘟神似的躲避她。她嫁给赵得水以后，并没有收敛多少嚣张气焰。锋芒依旧毕露。拉拉秧像一个瘟神，在故乡的大街小巷游荡。

然而孔家胡同的青花对她却是顶礼膜拜！

青花是我的发小白芷的原配。青花在孔家胡同的名声响亮胜过老船长喊的号子，胜过老村长的耳光，胜过拉拉秧杀猪时的尖叫声。

青花，绝不是青烟。请不要误会。防风说，扔进塌陷坑也没有人捡拾。"小妖精。"他居然看穿了她的把戏，看出她必将成为一个"祸害"。"鱼肉乡里"，青花后来的所作所为，的确让人唾弃。她就像拉拉秧的一条狗，四处咬人。

想必你会猜，青花的妹妹是不是青烟呢？若不然，怎么会念念不忘？其实，她，不过是一抹乡愁。或者，一缕炊烟。甚至，梦中的一个影子而已。我不过是误入桃花源的那个捕鱼人。只是没有他幸运，确切地说，没有他海量。小酌就醉。幸好不乱，坐怀不乱。青烟笑我太正经，一本正经。倘若一本正经地胡说八道，那不是我的作风。胡说八道的老祖宗就在胡家胡同。

胡家胡同的故事，在下一篇等着呢。

春天的烟在乡下的烟囱里是笔直的。

在马虎大妈家的院子里是笔直的。在小脚女人家的后院里也是笔直的。在拉拉秧的胡同里却是弯曲的。这么地不合群，就连炊

烟都洞悉了。

拉拉秧决定去戏弄莱菔子。莱菔子在乡下连升了三级,一跃成为会计。顶替莲蓬的工作。莲蓬因为去电灯房街私会小鱼台。小鱼台在古塔一带更是家喻户晓,有名的按摩女。莲蓬一下子栽了。私会的照片被人举报到镇政府信箱。起了风波,镇里的电话打到章书记的办公室。就这样,停职,查办。搂搂抱抱,在那么朦朦胧胧的灯光下,被人拿到了把柄。莲蓬窝了一肚子的火,烟从他的发隙间冒了出来——青色的。吃了哑巴亏,他郁郁寡欢。马虎大妈等他有个大动作。可是,他的头痛病犯了。"树倒猢狲散",他似乎明白什么是世态炎凉。

有一天,我路过电灯房街,瞥见了小鱼台——好一个唇红齿白的尤物,对谁都是一样的谄媚,那种妖笑——我是头一回遇见。倘若你正眼瞧她,她会忙不迭地给你招手。

想必莲蓬中了某人的计。或者中了谁的毒。

我也中了毒,不过是青烟的。

青烟是一个怎样的女子?狐狸幻化而来。近日《聊斋》看多了,以为青烟不过是狐狸精来报恩呢。我总是不自量力。我总是想入非非。我总是在想:心里装着一个人是一种什么样的感觉。

心里有人了。哇,这怎么可以随随便便说出口呢。保密,我的保密工作又没有做好。看,我是一个粗人。

想必她就是青烟吧。

莲蓬出事后,幸灾乐祸的人在拍手叫好。拉拉秧也是一个随风倒的墙头草。她不杀猪了。村里喂猪的农户越来越少了。她的行业眼看着就要黄了。

于是,干起了理发。拉拉秧的人缘好像多了。自从她被章黄金摸了一把以后,在大街上跟她打招呼的人,明显地多了。

就连我也去捧场了。想必是我的近视愈发厉害的缘故吧。

她也在。

"拉拉婶子,茄子放筐里了。"她的声音低得恐怕只有她自己听得见,自然还有在豆角上爬上爬下的蚂蚁明白——它们懂唇语。在贫瘠的土地上依旧绽放着鲜艳的花。"金屋藏娇",肯定是莲蓬的杰作。我挥舞着"秀才"般的小动作,作投掷状。"啊,呸!你也配!"心里嘀嘀咕咕地想,作斗争。莲蓬本来在乡里吃香的喝辣的,甚至一手遮天,在我们白马河村一人之下万人之上呢。他握着经济大权,发麦种,分鱼,拉煤泥,甚至计划生育也有他的一份。赵得水背地里骂过他。隔着墙骂,指桑骂槐,指着墙外的乱坟岗上的葡萄架骂。他和莲蓬是隔墙邻居。莲蓬的老婆,我自然认识。十一年前,我们见面,她还夸我呢。大学生,城里人,那种发自肺腑的夸耀。我喊她,乐意喊——"婶婶。"

她脸上的疙瘩拧成了绳。脸上乐开了花,像丝瓜花,那么好看,对于没有见过世面的我来说。十一年前,我还是一只虾米——散兵游勇。生活,不懂;沧桑,不懂;爱情,不懂;金钱与粪土,从没觉得有什么两样。每天,只知道睡觉。太阳从窗外移到床头,又从床头移到窗外,从她的脸上爬到我的屁股上,又从我的屁股上爬到她的布娃娃上,甚至又从布娃娃上爬到灶台处,爬到稀饭的碗里,爬到装满井水的陶瓷盆里,爬到院里的老楸树上,爬到老楸树的某个老鸹窝上——就变成阴影了。树叶太稠密,太阳的子弟兵——光,钻不进去了。折射到墙上的喇叭花,丝瓜花,以及京瓜花,我喜欢阳光的颜色与味道。照在笑里藏刀的脸上,照在皮笑肉不笑的脸上,照在椿树皮的脸上,照得心里痒痒的。我的心里,也痒痒。

"婶婶啊",我不知道天高地厚,谁不知道我高攀了她家,就因为喊了她一声婶婶。

我喊她"婶婶"的刹那,她家的烟囱就会飘出黑烟,却不是青烟。

想必她家的炉火太旺,炉膛里填的黑炭,填得那么满,足见她家的富裕。他本是村里的秤杆子,却中饱私囊,院子里堆满了煤炭。而马虎大妈家墙角堆得不过是煤炭的下脚料——煤泥,甚至更次。洗煤厂洗过煤炭过后的废水流入我们村,经过我家的小菜园,然后

与土纠缠,日积月累,就变成了煤泥。那个年代,火了好几年。那个年代,我就像一个傻子。不掩饰,太阳底下暴露无遗。拉拉秧大婶喜欢戳脊梁骨,我的脊梁骨已经被她戳穿。以至于我怀疑现如今的腰椎间盘突出都是那时埋下的病根。也为我遇见她埋下了伏笔。

她是青烟吗?好奇的猫,你猜到了吗?

好奇害死猫!

幸亏猫有九命。

赵如鱼也骂过她。不过,他嘟囔得却是英文。

白马河村的老少爷们,蒙了。一句话,听不懂。连个不懂装懂的人都没有。"哎!"老村长长叹一声,从明朝就有的老庄子却听不懂喝了几年洋墨水的"鬼话"。听不懂,或许只能算作鬼话了。他自惭形秽。他不及他的兄弟,更不及他的晚辈。"鸟语"不懂,"花香"装懂。而我连什么是"鸟语"什么是"花香",都不知一二呢。

我不得不承认,我就是那块朽木。顶多是一块榆木。而高家坟上的青烟已经多久没冒了,没有人记得了。至少高老头忘了。至少大伯没有了。后来,三婶与三叔,也不在人世了。三叔还拧过我的耳朵呢。他一直认为我必然有出息——祖坟必然冒青烟。

赵如鱼瞪眼发飙牛脾气犯了,三叔继续喝他的兰陵大曲。

赵如鱼一表人才,为人师表,却常常犯牛脾气。本来,他在镇中学教学。却不知何故,被下调到白马河中学任教。

得意忘形,赵如鱼得意地笑,他会不自觉地手持钢鞭将你打。毫不收敛,于是冲撞了太岁。敢在太岁爷头上动土,也是牛人一个。我是那个最低能的,牛毛一根。轻,又小。我喜欢轻飘飘的青烟,喜欢青烟一样的女子。

赵如鱼与莲蓬,明地里和声和气,暗地里针尖对麦芒。

起初,莲蓬家贫如洗,自从傍上了大腿,平步青云。一步成了现金保管员,甚至代理会计。章白银更是要风得风要雨得雨,简直是地方一霸。于是,狼狈为奸。坑害了不少羊,以至于羊不说话。羊为什么不说话?羊又能说什么话。

　　莲蓬的篱笆院摇身一变变成了两层洋楼。

　　她家的青烟,忽地不见了。

　　赵如鱼狗急跳墙,无地自容的负罪感越发浓烈了。甚至羡慕那些地底下的蚯蚓,那是一群地下诗人。不断地挖掘诗意的生活! 他想:空有一身武艺,却无处施展。他想:去死吧。

　　去死吧,转念一想,他那颗蠢蠢欲动的心,对她还有一点儿非分之想。尽管,他和我一样并没有直接接触,或者说近距离靠近她,没有的,我们是两个失败者。他比我更是惨败。因为我没有恶意。没有企图。没有精神以外的龌龊。

　　青烟,却是她的名字。

　　青烟,却是他的儿媳。他的儿子莲子却是地地道道的低能儿。换句话说,比我还弱智。我是高分低能,情感低能,并非生理低能。

　　莲子,一直用中药调理。怪不得,我常常看见她家的炊烟——青色的烟火。然而,自从狗窝变成了金窝,不见了烟火,不见了青烟。

　　赵如鱼极少回村子了,他去外地学习。临行,他唾了口大大的痰,吐在院前不远处的光秃秃的坟地上。一个无名氏的葬身之所。埋着一个人,是谁——老村长摸了摸后脑勺,一时想不起来。

　　听说,他在湖南学习期间,摔折了腿。具体原因,不明。

　　我捂着嘴,偷笑。赵得水也捂着嘴笑。拉拉秧哈哈大笑。赵如鱼的院子空出来,栽了一些蔬菜。红的辣椒,紫的茄子,绿的豆角,还有黄瓜,等等。种菜的那个女人是谁? 我困惑不解。夏四奶奶不是吓死了吗?夏四奶奶住在莲蓬家与核桃家之间的夹道里。夹道东西长三米,南北宽九米。乡下人习惯于把东西当作长。

　　原本我的奶奶住在夏四奶奶的隔壁。小时候,我经常去讨水喝。奶奶家的院子里,有一口水井。极深。汲上的水,清澈,甘醇,清凉。靠南墙的一侧有一棵核桃树。而堂弟的名字与核桃息息相关。或许核桃的缘故,或许某种渴望,某种诱惑。我爱上了爬树。说是爬,和白芷的姿势又不同。先是竖起地板车,紧靠一人之力还是危

险的,危难之时总会有"大侠"出手相助。倘若有竹梯尚佳。然而,总会事与愿违。

爬上去,看或望,探,还是窥,不攻自破——那些谎言。

她是灾星,扫把星。拉拉秧如是说。

说也奇怪,她的公公婆婆先后撒手人寰。莲蓬死得不明不白,她想讨个说法。举起天大的状纸,却不知如何申冤。于是,她等着,像等着坟上冒出青烟。也许一辈子的时间,也许一瞬间。

乡下人的眼里揉不了沙子,却揉进了不少沙子。

青烟守着偌大的房子,像守着空荡荡的草原,那个莲子变得更加自闭。心想:化作一团火,或者一缕青烟,也知足。

青烟用刀片划开了,鲜血汩汩而流。

"去死吧!"解脱总归解脱,逃避仍是逃避,青烟袅袅升起……

后来的事,我不清楚了,因为我去了屯溪。屯溪东南有一个县城——歙县,县城某处有一大片牌坊群——我去黄山,是治疗我的失忆症。

于是,我立了一个贞节牌坊。

我看到,白鸟在飞,白鹳在洗嘴,白马河在静静地流淌——迷迷蒙蒙的,如雾,如烟,如青天,天青色在等烟雨……

郁达夫,仿佛并没有走远。而我们村庄的故事刚刚拉开了序幕,鲜活的生命——粉墨登场。你听,锣鼓响。

你听,大地;你看,青烟。

他想知道鸟类的想法

"世上本没有路,走的人多了,就有了路。"

我借用先生的拿来主义,"世上本没有鬼,说的人多了,就有了鬼。"

比如胆小鬼。

其实,世上的鬼太多,甚至数不胜数。光白马河村的胆小鬼就无法计数。如果再算上烟鬼酒鬼赌鬼懒鬼小气鬼淘气鬼,那更是难以统计了。

乡村与城市,犹如草与树。或者说,城市是一座牢笼,我们是那疲惫不堪的困兽,幸运的话,我们是那土里刨食的土拨鼠。

城市是一个万花筒。小脚女人说:"城市是一座森林,或者生死场,或是夸张的鸟窝,袖珍的天空。"

小脚女人,是一位老女人。她和乡下的老太婆,没什么两样。她的老家,听高老头说,安营扎寨在微山湖一带。他的话,你没有必要全信。人,倒是没有坏心肠;只是满嘴跑火车,没有一句实话。这年头,喜欢听实话的人少了。如天空中的鸟,越来越少。

奉承的话,违心的话,甜言蜜语的话,鬼话连篇,神话,妖言,以及魔鬼的诱惑,冲动的惩罚,统统放入一口大铁锅里,一勺烩了。

然后,各拣各的,按需分配。

京沪线,从北到南,把小城一分为二。往东城区,往西矿区,中间的遗忘地带,充其量是城中村,和纯粹的乡村,天壤之别。说是城中村,实际上是被人遗忘的角落。靠近铁路线的房子,陈旧,大约百

余户。房子虽旧，但错落有致。有胡同相通，有小巷相连，有电线杆前后相应，有风呼啸，有时狮吼，风在吼，母老虎在咆哮。向西，一路之隔，甚至一墙之隔，便是不同天了。至少房子新一些，至少看上去干净一些，光滑一些，富态一些，像没落的贵妇人。

小脚女人落脚的地方，便在三米窄的桥洞的北侧，靠近火车道旁，有三间瓦房，年代久远，年岁至少比胆小鬼的年龄还大一些。

小脚女人已经老了。她从乡下来这儿已经三十年了。那些儿时的伙伴，有的已经入土，有的已经作古，有的即将入土，有的风韵犹存，有的跻身于上层，有的安享晚年，唯有她，还在努力，为他人，为信仰，为遥不可及的梦。

院子不大，堆满了五颜六色的物件，大小不一，这让现代人极易联想到物流站或者快递点。其实，不是。瓶瓶罐罐，更是不计其数。包装盒，款式新颖，有的完整，有的破损严重，像小耗子的行为，有利于它的进进出出。

院子里只有一棵树，但是极小。那是一棵她故乡家家户户栽种的家树。美其名：乡恋树。落叶乔木，树皮灰褐色，纵裂。秋天落叶，春天萌发。站在院子里，仰望，极高，七个老爹那么高，十四个高老头那么长。树皮的颜色接近马虎大妈的邻居高粱大婶的脸色。特别是寒冬节气，她的脸会冻成沟壑，皲成裂了口的楝树皮。

花艳。极美。圆锥花序，花极香。花萼往深处裂，花瓣淡紫色，倒卵状，匙形，有柔毛覆盖。花柱紫色。这些都是胆小鬼臣服的理由。紫色，是她最爱的颜色。好比诗人偏于灰色，作家重于粉色。

院子的东墙形同虚设，因为胆小鬼曾经从那里偷偷爬上绿皮火车，周游"列国"。模仿孟子游说的伟大盛举，胆小鬼好比癞蛤蟆跳雕像——蹬鼻子上脸。他也曾经萌发过伟大的想法，甚至也想劫富济贫，像武松一样棒打"老虎"，像花和尚一样拳打镇关西，或者像店小二一样拍苍蝇，或者像围屋里的女人一样孤独终老。

想法，总归是想法。

行动，毕竟是行动。

　　有的人，一生都生活在幻想中。比如老花眼。比如近视眼。比如毛毛。比如皮皮。比如天空中飞过的某只鸟。或许是掉队的一只。或许是逃跑的那只。逃兵，是不屑的。至少小脚女人对逃兵嗤之以鼻，至少桃之夭夭与逃之夭夭，近视眼是分不清的。他居然想知道鸟类的想法。

　　阳春三月，草长莺飞。枯死的法桐，寂静得如子夜时分的殡仪馆。叫春的猫，不知又去敲谁家的玻璃窗了。狗记千，猫记万。狗，忠厚；猫，嫌贫爱富。马虎大妈养的黑猫，终究没有找到。难道，它一路向东——进城了。

　　胆小鬼已经不是十年前的胆小鬼了。

　　时间是 2001 年的夏天。

　　他想知道鸟类的想法……

水鬼

　　一个村庄是由无数个胆小鬼聚集在一起的。当然，掺杂了酒鬼、赌鬼、烟鬼，以及水鬼。

　　胆小鬼结识了一个水鬼。个子偏高，身体偏瘦，脸偏黑，手如枯枝，松树枝霉变的糠样子。

　　《害人郎中》的故事意犹未尽，胆小鬼把书摊在枣木床上，困了——上眼皮与下眼皮开始了缠绵，仿佛沾上了过了期的胶水。

　　乱乱的。

　　起风了。这样冥思苦想也是枉费的。他根本走不出这一块巴掌大的地方。家，有时候就像一口井。人，就像井底之蛙。天空之高，他无法估量。就连马虎大妈都没有捉摸透。"天有多高？命有多薄？"

　　都姥姥却嘟囔着，"心比天高，命比纸薄。"

　　霜降。她的爱白白被浪费，白白被玩弄，白白被糟蹋。一种莫名其妙的疼，促使胆小鬼潸然泪下。清泪落在楸树叶上。滚动了一下。犹如金蝴蝶的触角触动了一下。

　　高家胡同，冷冷清清的却不凄凄。

　　还是那八户人家，确切地说，应该是那八个院子。数梅姑家的最阴森。它是四合院，地道的鲁西南特色的老院子。院子极大，比白芷家的晒麦场还大，比后来白芨看到的足球场还大。不仅大，而且深。这点，胆小鬼深有体会。上小学之前，胆小鬼曾经三番五次地溜进那个院子。实际上，也就三次。后来，还被吓着了。在院子里，被小脚女人叫了魂。他不知道，在他上小学之前，院子里是无人住的。梅姑住在白镇上。和竹子墨厮守在一起。说是没有人住，胆小鬼起了疑心。这和他的第一次"探险"有关。

如果从风水学来说，胡同的布局极佳。只是我对风水缺乏研究的经验，所以不敢妄言了。不然，会被大师们笑掉大牙的。

院子与院子，隔着墙，或者栅栏，或者篱笆。

土坯压制成的土墙，大抵比较矮一些，主要挡住羊呀、猪呀、鸡鸭等。鸡不同鸭讲。驴唇不对马嘴。因为矮，胆小鬼窃喜了一番。蹦是蹦不过去的，跳也不可能，只有翻墙。借助树，未尝不是一个好法子。然而树极少。墙内一角，有一棵几十年甚至上百年的老楸树。高高大大的，像个巨人。风一吹，像个风车。胆小鬼却不像个角斗士，更不会去决斗。

楸树极美。叶三角状卵形，叶面深绿色，叶背无毛。

听老村长说，它喜光。胆小鬼也喜光，可他更喜欢树荫。至少暑天，更甚。晃，楸树枝丫更甚。阳光也晃，起风的时候；月光也晃，嫦娥起舞的时候，或者吴刚砍桂花树的时候；炊烟也晃，小麻雀叽叽喳喳的时候，弯曲如袅娜的柳条。胆小鬼却喜欢直直的炊烟。直直的，像光秃秃的毛白杨涂了青色的油漆。他的愿望就是做一个小小的油漆工，刷新天地。把胡同刷新，刷成彩虹；把大门刷新，刷成红灯笼；把牛棚刷成斑马，把猪圈刷成大海，把猪刷成船，把邻居家的老奶奶刷成城市雕像。

老奶奶有两个儿子，一个比一个磨叽。白芷是她的长子长孙，白芨是她的孙女。她还有一个小儿子，因为超生，已经沦落到风景一带了。一连生了三个"千金"，用她的话说，"死丫头片子。"她的思想固然"重男轻女"，两个儿媳妇，没有一个搭理她的。大儿媳妇嫌弃她太邋遢，因为她的老伴前前后后折磨了三年，吃喝拉撒睡，全在一张床上。小儿媳妇因为孩子多，也无心照料。婆媳之间，显而易见，关系形同陌路。互不搭理。

过了没有多少时日，老奶奶的院子里就只剩她一个人了。枣花兀自落了。院子里的柴禾垛愈发地矮了。已经没有人为她捡拾柴禾了。今年的杨树枝出奇的少，干枯的更少；芦苇的长势一年不如一

年,充当柴禾的更是少之甚少。串杨树叶的孩子,更是不多见了。胡同里落的杨树叶,也没有人争抢。黄豆芽与白芷与防风,以及章小虾,对串杨树叶的游戏已经失去了兴趣,各有各的"沼泽地"。有的人,蜕变成了泥鳅;有的人,张牙舞爪成了八爪鱼;有的人,伪装成了水鬼。

章小虾的亲爹章青铜被招进了白马河煤矿。

胆小鬼的生父郝黄豆被招进了流沙河木厂。

白芷的老爸想方设法进了养牛场。

一个被迫,一个情愿,一个祈求。三个同龄人,三种不同的命运。

三个发小,最后的命运也不尽相同。

胆小鬼垫了个木凳,先迈左脚,头朝西,右手撑住土墙,左手抓住苦楝树的茎,试着把脚放下,踩住一堆碎瓦片,发出近似猫抓纱窗的声音。接着,右脚抽了回来。猫进了院子的后屋檐下。如猫溜进了草木深的庭院。庭院深深深几许?他拐进了一小段小胡同,发现一把老式太师椅立在一片竹林里,若隐若现。

时候逼近晌午,阳光在竹子上跳跃。乌鸦在楸树枝丫上搭窝。胆小鬼的眼最尖,异于常人。他发现,椅子上有人长期坐留下的痕迹。而且还是一个瘦子。

竹林外,碎碎的砖头铺成了路,赫然映入眼帘。铁红色,说明时间久远。院子的墙壁,倔强地表现出坚强,剥落的尽管剥落,强求的继续强求。

胆小鬼钻进了大院,房子七八间,大多上了锁。有点儿失望。他听老奶奶说,里面关押过疯女人。甚至还有慰安妇。难以想象,他这个年龄还不懂。他只听都姥姥说过,他的姥姥救过一个红军战士。只是那个地方离这儿三十里路。然而这个地方,的确阴森恐怖。

堂屋门,大抵黑豆的色。极庄重,又给人一种威慑感。他退了两步,想:什么鬼颜色?

井底之蛙

河东村即将消逝,河西村已成废墟。

其实,我应该在村庄名字的前头加一个"老"字。看着吧,用不了多久,年轻的一代就记不起生他养他的村名了。只有一些念旧情的人们,还会想起村庄的安逸与静谧,念起狗尾巴或者猫耳朵,诸如此类的草而已。

春生就是这样的后生。

在春生的后院的后面,有一片旧池塘,池塘里住着几尾鱼。好像是雨生的,原先池塘里是没有鱼的,由于十年前的一场大雨,导致老河决了堤,小鱼小虾慌了。紧紧抓住命运的稻草——随波逐流了。自然也有大一点儿的白鲢,以及草鱼,青鱼等,幸免于难。或者钻进马虎大妈家的猪食槽里,等待一场与老母猪的辣吻。再聪明的鱼,也逃不出春生的眼睛。他的眼睛,有一种极强的穿透力,似乎可以看清掩体后的事物,看穿生灵的想法,以及非人类的潜意识。唯独人的心事,他看不穿。

后院这种现象,在河东村比比皆是。人们习惯于住在前院里。前院,干净,舒适,阳光明媚,来来往往的,不是远亲就是近邻。

秋生如高老头的掌中宝,一起住在前院。高老头,年龄并不大,约莫四十五岁的光景。他在一家木厂上班。每天的工作,不是搬木头,就是扛木头。生活,相对贫穷一些。在河东村,日子过得有滋有味。他的老婆子,相当地能干。千万别小瞧小女人。她们有无穷的力量,取之不尽用之不竭。

在河东村,我佩服的女人,除了她,还有马虎大妈。

　　春生也有这样的想法。除了母亲,就是大妈了。尽管与马虎大妈没有一丁点儿的血缘关系,他感到与她有一种莫名的关系,或者即将发生点儿什么,那么亲密,却不亲热,不同于常人。春生喜欢爬树。这是我听小脚女人说的。

　　后院里,有两棵树。一棵青杨,一棵梧桐。东墙外,还有一棵小槐树。西墙边,有三棵月季,年年生,年年发芽,年年开花,年年把西墙映照成一幅画。以至于,我现在还在回忆它的美景。

　　后院,从小学的最高处往下望,它就像一口深不见底的井。

　　春生总是猜想:天空中飘荡的红三角可是红领巾?难道还有捣蛋鬼?放风筝?还是女教师的红汗衫?或者是马老师的收藏。一提到马立春老师,春生就脸红。他遭到过骚扰,他的心里有了抹杀不掉的阴影。

　　马立春,在"老河小学"教语文。说话声音极小,如苍蝇嘤嘤之声,如蜜蜂嗡嗡之音。讲课,总是从一而终地讲完,无论教室里怎么嘈杂。他仍然我行我素地提问,无论听,或者不听。怪不得,毕业九年的防风依然振振有词地谩骂,"误人子弟的狗熊!"

　　"爬窗户的壁虎!"

　　"给鸡拜年的黄鼠狼!"

　　的确,他耽误了不少好苗子。反正这几年,河东村没有走出去几个人——屈指可数。河西村,更是像绝了种一样,一只苍蝇都没有飞出去。

　　防风,本是我们胡同最机灵的孩子。自从跟着马老师学文化以后,越来越偏执。读死书,死读书,如此地千篇一律,如此地照本宣科,更是把人往悬崖上推。使人的思想,更加地禁锢。让人的行为,更加地约束。比"八股文"还甚。倒还不如学些国学,陶冶情操。

　　防风,绝望了。如风,在田野里,荡来荡去。如草,被风任意妄为地推来推去。如蚂蚱,在草里东躲西藏。如果命运如此地无情,倒不如做一只青蛙,不如蹲在井里。每天只有一个思想,望着巴掌大的天。他想。

他想拉拉秧了。

拉拉秧住在胡同口的对面,原先开一家小卖部,卖一些杂货。油盐酱醋,是必不可少的。防风时常去光顾那家小店。起初,我还怀疑他那么馋嘴。连封坛三年的猪头肉老汤的味道,都能嗅得出来。

拉拉秧的公公,本是个屠夫。不知什么原因,成了一名老师。提前告诉你个秘密,他的学生果真得了他的真传,个个猪头,个个懒惰,个个如乌龟缩在壳里。春生为此郁闷了一阵子。防风为此迷惑了一辈子。有的人,丢了,再也找不回来了。好比有的人活着,其实已经死了。

有的人死了,他还活着。

防风这样偏执地认为,十七岁是虚拟的。好像李敖说过,人间最好听的声音,不是蝴蝶夫人的歌剧,而是蝴蝶夫人的叫床。防风不苟同李敖的观点。他本想去与他对峙。只是他不知李大师在台湾。隔着余光中笔下的海峡,浅浅的海峡。防风认为,人间最美妙的声音,不是蝴蝶夫人,而是拉拉秧的呻吟,那种躺在拉拉秧铺满小溪岸边的尖叫,痛不欲生的快感,快乐的感觉。整个山谷都回荡着一种悦耳的声音,犹如天籁。这种天籁,对没有见过世面的十七岁来说,真的是好听极了。

拉拉秧更像一只野猫,四处觅食。

她敲过春生的后窗,被春生的呼噜声吓跑了。

她摸过老村长的屁股,被都姥姥的擀面杖赶跑了。

她的眼神勾引过打铁的黄芪,被溅起的火花崩跑了。

她的魅力在乡村似乎没有什么用,或者换成她的话说,个个榆木脑袋。只是她不知道,闭塞的村子还在沉睡中,醒来必将山花乱颤。有时候闭塞未必就是落后,未必不是保留朴实的土法子。

她的身上有一股黄鼠狼的骚味,防风临走前告诉过我。起初不适应,六十秒后,鼻子就适应了,尽管他生了一个鹰钩鼻。不小心掉进去,就有可能无法自拔。甚至神魂颠倒。

后来,拉拉秧洒了香水。这不,她成了全村香水四溢的香饽饽。

可是春生永远不会知道,她是她,香水是香水。

其实,香水是劣质的。

香水,是从火车站台上买的。换的,更确切些。它是黄芪拿他的老婆从田沟地头挖来的一篮子荠荠菜,从一个小贩手里换的。我一直认为,他要送给老婆的。不知,如何到了拉拉秧的手掌心里。难道她是如来佛祖的转世? 难道铁匠的前世是石猴? 或者大圣的金箍棒,是他的前世打造的。而他今生只能打铁。那些年,铁匠比较吃香,在村庄也算得上有头有脸的小人物。和赤脚医生的地位,不分高下。

没有一个人,会永远冥顽不灵的。

譬如铁匠。他的榆木脑袋,被老村长当成了木鱼敲了十七年。他头上的毛,稀疏得仅剩七八根。防风曾经给他逮过虱子,细细地查过,也用老村长孙子的尿布擦过。小小的恶作剧,在乡下,算不得什么。防风的聪明恐怕只有三国时的周瑜能与之媲美。周瑜被诸葛亮气死了。防风对此愤愤不平。甚至愤怒得不能控制自己。于是,他跑到芦苇坡北的山谷,咆哮了几声。震得杨树的叶子哗哗地响,间或有三五枚小石子滚下。秋末冬初的时候,还会有小柿子配合他的愤怒,红彤彤地摔下来,有点儿弹性好,依旧完好无损;有点儿长得着急,四分五裂;有的抱着殉情的决心,彻底地粉身碎骨了,成了一摊烂泥,缩小地说,如一抹辣椒酱。倘若放在嘴里,一个字"爽",不辣但爽口,微微有点儿涩,紧接着甜丝丝,接下来舌头被甜蜜侵袭了,完全占领了。舌头做了俘虏。

对于铁匠,铁匠铺就是一口井。

对于拉拉秧,村庄就是一口井。

春生呢。

他感觉院子就是一口井。足不出户,却是他慵懒的结果。一个人,一旦心懒了,身体几乎被禁锢了。心灰意冷的结果,会更糟糕。

年轻的人们,请不要对生活厌倦。

春生的心灵需要一碗鸡汤。春生总觉着高老头偏向秋生,母亲偏向自己。这也怪不得高老头。天下的老的爱小的！自古有之。

人非圣贤孰能无过。

高老头更是与圣贤没有瓜葛，隔着十万八千里呢。倘若他属猴，或许还有希望，他可以继续烧香拜佛祈求齐天大圣助他一臂之力，或者得到他的真传——筋斗云。一个筋斗云即可，可惜——他属猪。猪八戒是他的福星。只不过，悟能不如悟空有求必应，他有自己的私生活。他惦记着高老庄，惦记着嫦娥仙子，惦记着女儿国的国师，惦记着妖精，大的小的，老的少的，惦记着花花草草。我感到了恶心——遇见了如此好色的佛。

幸好高老头没有沾了八戒的习气。春生对父亲没有一点儿怨恨，因为他知道爹是一个老好人。他曾经"爸爸长爸爸短"地喊了许多年，只是十七岁以后，就极少启齿了。初中毕业以后，他变得更加沉默。

防风上了半年初一，就辍学了。

白芷上了半学期，也辍学了。

春生坚持了三年，囫囵吞枣般"学成归来"。

胡同里的"初唐四杰"，只剩黄豆芽费了九牛二虎之力，考上了学。

初唐四杰，本是指王勃、卢照邻、杨炯、骆宾王。防风犹如王勃，也是神童。只是被拉拉秧的公爹拉进了辣椒地，成了孤魂野鬼。

王勃26岁，防风，19岁。

你猜到了。是的。防风步了海子的后尘。选择了铁轨，常常去的，流连忘返的地方。长长的铁轨，长长的思念，铁轨像黑龙，思念像棉花糖，白与黑，白天不懂夜的黑。他卧在冰凉的铁轨上，没有一点儿不安，没有一丝恐怖，仿佛这才是他的归宿。他，难道绝望了。难道不忍重负？难道知道了羞耻？难道江郎才尽？难道母亲如唐僧般的唠叨，激怒了他；他选择了放弃，不与生母争，不与养母闹。他的母亲迷恋耶稣。他妥协了。他需要一口更安静的井，最好有水，深不可测。他，如一枚小石子，弹在一口钟上，发出一声闷响，小得可

怜。他的离去，引起了小小的骚动。如谁家丢了一头牛。

马虎大妈与拉拉秧窃窃私语呢。

"又一个胆小鬼。"小脚女人插了一句。

"防风，疯了。"马虎大妈说，"算命先生的话不过是鬼话，骗我们妇道人家罢了。"

"薅他的毛——"拉拉秧气愤地说。

"净说人话，不办人事。"小脚女人又跟了一句。

拉拉秧的头焉了下来，如霜打的茄子。

算命先生与拉拉秧的亲爹是睡过同一个被窝的同窗。甚至睡过同一个女人。这在他俩喝了三瓶"猫尿"后，吐出的真言，不是象牙。醉酒后的胡话，真亦假时假亦真，信则有不信则无。算命先生曾用中指戳过她的屁股。她是在家里，排行老三，拉拉秧。大姐叫拉拉赵，二姐叫拉拉钱，四妹叫拉拉李，五妹叫拉拉杜。其实，拉拉秧原名叫拉拉孙。只因她讨厌像章白银那样的王八孙子，所以改成了拉拉秧。田间地头，随处可见。生命力极强。她喜欢拉拉秧的泼辣，野蛮，任性。

还有一项致命的弱点：随便。谁来都行，像等待配种的发情的母猪，来者不拒。这在河东村早已不是秘密的秘密。这在河西村也被传得沸沸扬扬。我不会放过一个坏人，也不会冤枉一个好人。

拉拉秧的行为不够检点。不过，她在女人堆里，还是善于伪装的。照旧骂那些不要脸的东西！骂那些野鸡，那些男人不在家的行为浮夸的小娘们，甚至骂自己。她始终故意扮演两个角色。一个正面的，一个反面的。她的企图，一般人无法察觉的。她的狼子野心，更是无人可知。尽管她小学毕业的水平，照样玩得男人团团转。拜倒在她的石榴裙下。

然而，春生对她不屑一顾。

"癞蛤蟆！"坏女人一样会被春生诅咒的。

春生后院的旧池塘，居然还没有干涸。其实，早就荒废了。里面落满七八样叶子。梧桐叶、槐树叶、杨树叶、榆树叶、楸树叶、柳树叶、槭树叶,以及核桃树叶。大多是小鸟叼来的。小鸟真辛苦!!

怪不得母亲常说,早起的鸟儿有虫子吃。

天蒙蒙亮,窗外的叽叽喳喳声,吵醒了春生。他翻了翻几近透明的身子,左腿小肚子有点儿麻,他缓了一会儿,试探似的,减轻了些,他尽量把左腿抬起来,然后压在右腿旁边的薄被子上。不知何故,昨晚忘了盖被子,这或许也是小腿受凉的缘由。他忽略一个环节,其实后窗没有关严实。或许是夏风的杰作,或许是猫叫春的后遗症,误把蜷缩着熟睡的春生当作了异性的同类,用猫爪抓开了缝隙,被风有机可乘,钻进了他的小屋,对他宠爱了一番。这夏天的风,居然多了一份骚动不安,甚至欲望。

约莫过了一刻钟,春生的腿完全恢复了,伸缩自如。"麻婆子跑了。"他想,敢不跑吗?他不想那样做,把"麻"转移到另一个人身上,尽管他有这个本事,和慕容复的"以彼之道还治彼身"的功夫有些雷同。可是,他决定不那么做。他必须主持正义。好比黄豆芽的母亲始终有信仰,我们对此只有汗颜。

春生萌生了一个伟大的想法:每个人一夜之间全变成青蛙了。呱呱呱,呱呱呱,呱呱呱……村庄多么美妙,争辩此起彼伏,多么热闹。

防风被埋在铁路东了。一片荒草地里。四处可见的拉拉秧,绿莹莹的,疯狂地蔓延到突兀的地方,占领一切,包括他新添的坟。生与拉拉秧纠缠不清,死后又与拉拉秧缠绵。一个是人,一个是草。

防风疯了之后,白芷成了白痴。

防风疯了一阵子。他路过铁匠铺,冲着黄芪的老婆子,咧着蛤蟆嘴笑。

北方有庙

北方有庙,其名孟庙;庙内有树,其名桧柏。

那庙,却是我念念不忘的孟庙;那树,也是我恋恋不舍的桧柏。

我本农相,躬耕于故下。守望家乡,守望麦田,守望炊烟,守望青砖绿瓦,守望家北的那口井,我就是井底的那只青蛙。仰望那巴掌大的一片天,仰望那静静的白马河,仰望那远远的护驾山,仰望那波光粼粼的唐王湖,仰望那神秘莫测的孟庙,仰望那魂牵梦绕的孟庙的树。

我就是那只在秋风里低低吟唱的蟋蟀!

谁也不会料到,十八年后,蛐蛐进城了。

十八年前,我与同窗好友相约同游孟庙。到底几个人,如今竟记不大清楚了,依稀记得女生多一些,只是后来极少见了。有的,至今未见。或许永远不见了。各有各的生活。甚至有一种老死不相往来的消极想法。据说,其中两个人去了北京,混得不错。只是听说住的房子极小,好像与我家的厨房一般大小。不过却抵得上乡下的十亩鱼塘。甚至抵得上整个高家胡同。

至于后来的人,后来的光阴,落在后来的故事里了。

提起孟庙,我的心就会忐忑不安。一是敬畏,二是没有见识。虽然这是我第三次进城,但是我的心依旧如打鼓一样——乒乒乓乓。

第一次是参加数理化尖子比赛,专车接送。没有逗留。第二次是参加中考,在市里的招待所住了两夜。第一夜,夜幕拉下之前去看了考场,第二夜没有乱跑,在附近逛了逛。那时候,城市的夜景极少。我记得在市中心有一处白色的雕像,好像叫"凤来仪"。恰恰与城市东门出口处的"马踏飞燕"首尾呼应。在南门本来有一座盘龙柱，如今却移到五宝庵山了。而北门处的牌坊，不知拉到哪里了，至今我还没有听说。久居闹市，反而愈发地孤陋寡闻。

孟庙，就是拉拉秧大婶有所顾忌的"亚圣庙"。它是祭祀孟子之所。马虎大妈绝不建议孩子们在庙里嬉闹。她误认为里面阴气太重。大多因为古树苍郁，葱茏茂密的缘故，这与她不幸的经历不无关系。

她的三个孩子接二连三地失踪，让她怀疑自己命中犯太岁，当一个人无法解释一些看上去奇怪的事物时，往往要借助一些虚无缥缈的鬼神了。她是信的。甚至，她教唆我也笃信那些空空如也的"东西"。不知怎的，我并没有着她的道。直到后来，我也没有走弯路。即使站在悬崖边，也不恐惧。若是高一些海拔的话，我会打战。因为我有一种恐高症，然而却是拉拉秧大婶告诉我的。她怂恿我去庙里玩。尽管她指的那个庙已经不是孟庙了。

那庙，那是故乡家北的土地庙。一个破败的庙宇。不大，但对于娃娃们，足够了。有院子，矮矮的土墙，剥落的尽管剥落，缺口的兀自缺口。院子里，有树。不过是一些矮松，侧柏之类的灌木。应该有一棵枣树，开黄绿色的小花。或者是还有一棵毛白杨。也记不清了。一个人一旦专注某个事或物，随之而来的记忆力锐减。伤感却与日俱增。或许因为一个人，一棵树，一座庙。

接二连三地跳进孟庙，兴奋自然不言而喻，毕竟我们几个人——十有八九来自乡下，大多没有见过世面。

唯有我的惭愧之心，恐怕最重。从小学到中学，我都是以羞涩闻名于同龄之人的。见了女生就脸红，窘迫，不知所措。语无伦次，手不知放在何处，不敢看她们的眼睛。幸亏没有过早地看她们，否则，我也会深陷其中。马虎大妈说，她们是狐狸精。她的话不能深信，知道后来才晓得，她的话不无道理。好多的男人迷得不能自拔。陷在聊斋的世界里，不愿醒来。好多的同龄人，继续子承父业——土里刨食。认命的认命，破罐子破摔的破摔，有的铤而走险，有的客

死他乡。我不认命，因为我喜欢庙，我在感悟孟子的思想——天降大任——我在等，我看见有三种气流在孟庙的上空聚集。

我们在桧柏古树旁聚集。然后分散。如猢狲。树屹立不倒，千年不倒。我辈如猢狲。

喜欢树，也想成为树。

我是一棵小树苗，未经风雨的。不经历风雨怎么见彩虹，我的未来一定是风雨飘摇的。那时候，我如是想。这样的想法，持续了许多年。

迈过棂星门，两侧有树。东西可见"开来学"与"继往圣"两处牌坊。用青春的脚步丈量牌坊之间的距离。整整一百步，后来我又用诗人的脚量了量，足足有三百六十五步。倘若再用外婆的"三寸金莲"量一量，恐怕要有一千零一步吧。外婆极其看好我，只是她没有看到我的"锋芒"，尽管她活了九十九岁。

过了亚圣庙石体牌坊，映入眼帘的——"天然氧吧"之称的桧柏林。

一种相见恨晚的感觉，一种想拥抱的冲动。环视四周，趁着没有外人发觉，我给树一个大大的拥抱。那时候，闲情逸致的人并不多。土里刨食的颇多。庙里寂静得听得见松针簌簌落的声音。就连同行的同学都没有发现我的这个熊抱。"燕雀安知鸿鹄之志"，倘若不是桧柏上的字吸引了我，一粒文学的种子也不会种在我的心里吧。

听说，我的出生与孟庙的树有关。听说，我有一个小名——"树生"，怪不得我成了一介"书生"。自然是手无缚鸡之力的那种，不是遇见狐仙的那位。怪不得高家胡同的二叔指桑骂槐地说，"百无一用是书生！"他指着马虎大妈家的桑树，骂的却是我这棵槐树。

然而隔壁院的马虎大妈说，我是驾着祥云降临在高家胡同的。

算命先生在大伯的香椿园讨了酒喝，他说我是文曲星下凡。他说的，大伯全信。他没说的，大伯也信。之前，大伯在孟庙里的大槐树下拜了几拜。祈求赐予高家一个毛头小子。果真灵验。然而那是一株古树,一株槐树。

或许晚半天(傍晚)的缘故,他说他看见了洁白如玉的月亮。那棵槐树,居然有一个洞,大小如锅盖。

我却没有大伯的好运。因为如今这里是不允许过夜的。我怀疑大伯那天看到的月亮应该是西沉的太阳。银白也好,金黄也罢。

聪明的你——猜中了。是的,就连我的名字都与槐树有关。也与孟庙的南大门——棂星门有关。槐与魁,木星与北斗星,我可不敢高攀。只是后来落户口时,或者分东西时,会计笔误了,写成了"奎"。一直延续至今。

我喜欢树,从小。

我喜欢书,打小。

高家胡同里的树极少。大门口原有一棵臭椿树,高大,粗。发小三人牵着手也没有抱过来。先磕头,后结拜,然后一哄而散。不欢而散,接着哈哈大笑。母亲是不允许我们结拜的。一是怕乱了辈分,二是怕学坏了。三是因为这里不是桃园,不适合三结义吧。

三间土坯房,我记忆犹新。这是分家之后,父亲分到的唯一家产。家里穷,但很快乐。西厢房西有一棵苦楝树,我喜欢紫色的小花,每一朵就像一只振翅欲飞的蝴蝶。每一朵花里都孕育着一个小小的梦。

我从香椿园淘到了几本书,从那开始文学的梦之旅的吧。

听说孟子也是文曲星下凡,于是我常常想方设法地去孟庙,去聆听他的声音——置身于孟庙,你听到了吗?

一晃,十年不见了。

再晃,又一个十年不见了。

时间已经间隔了十八年,我懵懵懂懂地过了十八年,这次又是我的一次新生。

又见到了久违的桧柏,"别来无恙",只是我的眼角有了游泳的鱼。游来游去,只留下鱼尾在眼角陪伴我。

从那以后,我经常出没于孟庙。

一年至少去六次孟庙。

那一次，去孟庙，我捎去了一本诗集——《我从孟子故里来》。

放在天震井旁边，一阵风袭来，书被打开了——心灯——墨客——念念不忘——恋恋不舍——希望，一首一首关于那庙、那树、那山、那水的小诗跳了出来。我的眼睛潮湿了，久违的眼泪流了出来，阳光从树丛的缝隙洒了下来，恰巧落在诗集的四周，远远地看——像一个光圈，照见某些未来。

我看见有一位古人向我走来，然后站成一棵树。我愿意在他的身边，落地生根——长成一棵小树。

你看，北方有庙，其名孟庙。

四十不惑

莫非夜来香也从乡下的高家胡同来投奔我,夜空中弥漫着它的体香,那么扑鼻,那么浓,那么香。

那年,我在院子里移栽了十几株夜来香花,几株从西院偷偷地拔回来的,几株从后院跟四婶张口索要的,几株从北坡沟渠边捡的,又有几株是母亲无意间洒落的种子从地面钻出来的。一到夏天,特别是傍晚之后,晚饭之前,我一定站在院子里——望云。夜色朦胧,夜色温柔,夜色让我禁不住遐思。羞答答的它,静悄悄的——或含苞或半开或全开。比酱香还醇,比醇香还陈,比陈香还浓。我猜想:这是世上最香的花了。

望云的时候,偶尔想起——

一个姑娘,不要说出她的名字。

望云,我很小的时候,只会痴痴地望。一望望了几十年,无论在乡下,还是城里。转眼间,我成了奔四的人。

迷惑,无论孔子,还是孟子。

三十而立,四十不惑。这是圣人说过的话。如果三十未立,四十是否依然不惑呢?读者诸君已经知道我是属于大器晚成的那类。

大器晚成恰恰印证了"算命先生"的"预言"——老鼠拉木锨——大头在后边。恰恰被他说中了,有点儿瞎猫逮住死老鼠的运气。运气对我,无疑多吃了几根白萝卜。

地球有六大板块,而我困惑的地方恰好也有六大板块。

沉迷写作,无法自拔。女儿给我泼了一瓢水,母亲又举起益母草的"干体"朝我投掷而来。整个高家胡同紧跟着鸡飞狗跳,此起彼

伏,其他的胡同也被波及,以至于鸡犬不宁。

我又一次望云望出了神。哪里有女儿,女儿不是去"山青"体验生活了吗?母亲不是去济宁看她小儿子的小儿子了吗?然而胡同,已被荒草淹没。然而鸡,早逃进了山林;狗,早跑进了火锅。我不吃荤,只吃素。脸色也熬成了菜青色。我斋戒数日,体重一个劲地掉。好比她一笑,脸上的粉就掉。纷纷地掉。

我穿过大半个村庄去睡你,去北坡,去北坡之北的芦苇坡,去北坡之北的芦苇坡旁的小溪边,去睡你——洁白的云落下来,遮住我的洁白;揶揄的风袭过来,模拟我的揶揄般的口吃;细细地听,有蝈蝈在摩拳擦掌;对我这样一个入侵者——对于它,我绝对是一个庞然大物。草,软软的;土,细细的;阳光,柔柔的;水,甜甜的。躺在它的身上,不说话,多么美好!确切地说,是头枕在它的大肚子上。

我牵着它穿过大半个村庄——

身后,指指点点如夜空中的繁星闪闪。我如一个木偶,线在白羊的蹄子上,跟着走。我的暑假生活,就是与羊在一起。我的暑假作业,也是羊陪我一起完成的。没有左邻右舍的提醒与点拨,一个人摸索,一个人解答,一个人碰壁,一个人撞南墙,撞了南墙也不回头。

父亲连自己的名字都不会写,母亲居然会写自己的名字。

我惊讶,我窃喜,我大惊失色。

父亲已经四十了。

父亲在木厂上班,扛木头。木头长,比我家的堂屋还长;木头大,比我家的院子还大;木头沉,压弯了他脊梁。一根圆木,三个人抬。本是六个人抬,为了多收三五个硬币,硬是三个人做了。每个人有每个人的苦衷。父亲说,他有两个儿子。

姥姥也说过,她的几个孩子之中,唯有我的母亲最不易。因为她有两个小子。

胡同里的几户人家,也是数高家最清贫。

院子里,有一棵苦楝树。树下有一个碾,碾旁有一口井,井里有一个桶,桶上系一根麻绳,绳的一头系了一个铁钩,钩住一棵小槐树。井水极甜,刚刚汲上来的水,舀上一瓢,仰起脖子——咕咕咕,一饮而尽,痛快。树上没有喜鹊,想必喜事还早;亦没有乌鸦,说明近期没有倒霉事。然而香气四溢。苦楝花开了。淡紫色的小花,若花大姐手帕上绣的活灵活现的紫蝴蝶。高家的苦楝花一开,满胡同荡漾着芬芳,像贝加尔湖上荡漾着月光。

那时候必定是初夏。我站在树下仰望,仰望头顶上的那一片天,那一片云。

谁也没有料到,那个傻瓜——后来成了诗人,又做了作家。

母亲常常念叨:"咸鱼翻身,总有一天……"我去外婆家,最爱吃的一道菜,估计就是"咸鱼翻身"。往往一盘菜,吃上七八天,哪怕是炎热的夏天。甚至,可以发现两三个小白虫,一个弟弟说,"蛆"。然而我并没有害怕它,或者逃跑。甚至还用竹筷搓了一下,倘若妗子在场,会不会卷煎饼呢。我们猜想。于是把答案写在手上,然后去后花园对对。那时,家家不像现在这样顿顿剩,剩了并不会倒掉,纵使变味,也不舍得扔掉,喂狗喂猪喂鸡。然而牛是不会吃的。并非因为牛的牛脾气。

至今念念不忘的,还是姥姥熬的白汤。

哪怕十岁,二十,三十,四十……我总是喜欢姥姥家的大锅台。姥姥的脚小,如三寸金莲。牢牢地记住姥姥语录里的道理,小事不小。不以物喜不以己悲。自然不是她说的话。"不以恶小而为之",好像也不是她唠叨的话。我要用我的诗集温暖姥姥的小脚,在那个大雪纷飞的冬夜。可惜,那年我还不会写诗;更可惜的是我写了长长的诗,却不见了姥姥。我在另一个冬夜,跑到我的老家,点着炉火,撕下一页一页,听哗啵哗啵的燃烧声音,像极了姥姥拉风箱熬白汤的柴禾羞涩声。

姥姥家没有苦楝树。却有枣树。黄绿色的小花,煞是好看。我喜欢。我又一次犯傻。站在妗子家的枣树下,望云。拴在香椿树旁的大黄牛居然模仿我的姿势——抬头望云。牛眼看天空,牛眼望世

界。望着望着,我的眼越睁越大,不知何时成了牛眼般大小了。怪不得,拉拉秧老远就夸我——炯炯有神。明着夸,想必暗地里骂呢?

姥姥家与奶奶家隔着的那条河,就是传说中的"银河",如今的白马河。

那条河知道不知道我的困扰,那条河知不知道我也是一个奔四的人。那条河知道不知道我念念不忘的,除了人,还有物。物是人非。或者是个人物。或者物是人非事事休。或者与树有关,或者与感情有纠葛。那条河,什么都知道。又什么都不说。沉默,比谁都沉默。奔流,比谁都狂奔,特别是暴雨过后。

那条河,我是畏惧的。在那个年代,青黄不接的日子早已司空见惯。可是,随着二弟的降临,日子一天天好了。然而这时的好,不过是可以填饱肚皮了。饿不着了。稀罕物比比皆是,只是与我无关。我们家依然是胡同里最穷的那户人家!我们依然还是穷小子!我依然望云。

不知何时夜来香在院子里安营扎寨的。

不知苦楝树的故事,何时说给你听……

关于爱情,我在此处省略,因为苦楝花太香了。我已经情不自禁了,魂不守舍的那个傻瓜,似乎与我有关。

我非圣贤,怎能不迷惑?

恋恋不舍的,只是故事刚刚开始;在梦里,我看见四十棵苦楝树,开花,结果,然后清热解毒,空气更加清新。

读到它的红男绿女更加清纯,和我一起成了追梦人。

后记

许下的承诺,竭尽所能地兑现。

我不做失约的人,既然答应,那就去做吧!答应的人越来越多,我会不会躲进小楼成一统呢?

就连写这本书,同样也牵扯了许多。倘若不写,那些远去的人,会不会埋怨我呢?那些渐行渐远的人,会不会还记得最初的出发点?那些土里刨食的,那些锦衣玉食的,那些津津有味的,那些枯燥乏味的,会不会和我一样,傻傻地站着,望……云……

古有杜子美望岳,齐鲁青未了;今有高发奎望云,云深不知处。

望得见山,山上有云,云上有梦,梦里有马,马上有一个姑娘,马上有一个姑娘从天而降,从天而降的她,微微一笑,微微一笑很倾城。

看得见水,水中有影,影中有云,云中有雨,雨里有一个丁香,雨里有一个丁香擦肩而过,擦肩而过的她,不胜娇羞,不胜娇羞很温柔。

记得住乡愁,记得住炊烟,记得住母亲架设的桥,记得住白月光,记得住路灯下的爆米花,记得住打碗碗花,记得住墙角的一枝梅,记得住……

云深不知处,我丢了我的钥匙。

四周,看不见的墙,我拿什么敲?丢在江南烟雨中的木鱼,会不会自顾自敲,如顾影自怜的那几年。那几年,我在雨巷里行走,希望那个丁香一样的姑娘与我擦肩而过,或者回眸一笑。我把自己困在一口枯井里,继续做那只坐井观天的青蛙。

那些年的我，除了读点儿什么，就是写点儿什么。

那些年，先后写诗写了一千多首。然而收入诗集的时候，仅仅选了若干首。

厚积薄发，落叶堆成堆；如寻根的蝴蝶，春蚕到死丝方尽；如纸薄，也要飞，有心就好；心总比天高，云比心柔软，梦比云还柔情，情如精灵——惊扰你的，还是她的，或者我的——故乡的云。

告诉故乡的云、故乡的魂、故乡的人，那个望云的傻小子成了诗人。

先后出版了《我从孟子故里来》与《左手孟子右手梦》两本诗集。

而且蹦蹦跳跳地，从乡村跳到了城市，爱上了城里的月光，仍然不改初衷，继续望云——站在护驾山上，四处眺望——登峄山而小鲁，伸手可以触到天，闭上眼睛，云会钻进你的衣袖，云会抚摸你的纽扣，云会打开你的脑洞，脑洞大开——你会不会想起我，十年前，二十年前，三十年前；或者你会不会想象到我的未来，十年后，二十年后，三十年后……一百年后。没关系——云在望我，我在地里想望不能望，石碑上刻着墓志铭——一个人的望云情，一个人的还乡梦。作家高发奎，诗人高发奎。

写作散文，也就是这几年的事情。

散文写作，我并非轻车熟路。

其实，我最初喜欢的还是写小说。而且我已经写完了我的第一本长篇小说《胆小鬼》，因为时间的缘故，没有整理。搁浅了。

这几年写散文，完全受邹鲁大地的散文风的影响。毫不夸张地说，中国散文看山东，山东散文看济宁，济宁散文看邹城，邹城散文看望云。谦虚地说，邹城写散文的作家如夏夜的繁星，数不胜数。

妙手偶得之。

我的散文与大家的迥异，个人化极强，意味深远，没有点儿功夫，恐怕读不懂。我写的散文，有小说的味道，亦有诗歌的情愫。

之所以取"望云"的名字，原因有三。

一是,我的的确确在望云,站在空旷的院子里,站在空荡荡的胡同里,站在空寂的麦地里,站在空悠悠的香椿园里,傻子一般,呆子一样,抬着头,望天——有云,一动不动;动起来却吓人,甚至要命。乌云密布,乌云来了,乌鸦来了,乌鸡来了,呜呜呜——小狗瑟瑟发抖,呜呜呜——小无花果树飒飒作响,呜呜呜——小丫头笑了,哭笑不得——哭笑不得啊,我忘了怎么哭,怎么笑,怎样表演,像个绅士或者小丑吗?绅士,并不多见;小丑,却处处碰壁。我不是演员,却表演着什么。我不过是小丑厌恶的木偶,望尘莫及。天空中飞翔的是鸟,我的肩膀隐隐作痛,隐形的翅膀啊,何时才能展开……

二是,的确有个地方叫作望云。

听老一辈讲,爷爷的爷爷,拖家带口,从望云迁徙到北宿的某个村庄——一个明朝就有的村子。然而我的出生地,就在去年,搬迁到北宿镇的东边。乔迁之后,我又回到城市,继续奔波,继续望云,继续追梦。

三是,我仰慕的一个散文大家也叫望云。想必他也常常站在他的望云书院里——望云吧!

从诗歌到散文,我选择了换一换;从乡村到城市,我也是为了换一换;从丫头到小子,我自然希望换一换;换一换样,并非思想陈旧,也不是重什么轻什么。

母亲催促我赶紧要二胎。因为我已经老大不小了。因为我的女儿已经十四岁了。"不孝有三,无后为大",父亲已经开始摇晃了,在济宁与邹城之间。

因为我成了奔四的人。

又一个追梦人。

撸起袖子加油干吧,我边望着天边的火烧云,边奔跑。是不是预示着下一个火的人是我,是我。

邹鲁大地,人杰地灵。

散文名家,灿若星河。

我不过是刚刚入门的小沙弥。我不过是敢为天下先——把过去的散作,拢在一起,结成集子。

这本集子,收散文 40 篇,恰巧 40 岁。

这本集子,重不足千克,却又重于千斤。

这本集子,写不过一千零一夜,传却不止三生三世。

这是我的散文集处女作。倘若还有时间可以挤的话,想必几年以后还会有散文集,接二连三地与读者诸君一一见面。

青出于蓝而胜于蓝,我不是那青,我是那白,那白纸黑字——说一不二。

在这里,我要感谢一些人。

但,我不再愿说出他们的名字。我不愿借他们的高枝,炫耀我的羽毛。我不愿借他们的美名,提高我的知名度。

但,我读了他们的散文集。

但,我读了更多的大家的散文。

在这里,我应该感谢一个女人。她就是我的夫人。这本书得以面世,多亏她没有对我的"一意孤行"泼凉水,多亏她没有埋怨我"不务正业",多亏她替我打理着公司,感谢她温柔大方善良,感谢我的爱人。

对小女的承诺,终于兑现了。

"每年出一本书,从初一到初三……"

在这里,特别感谢济宁市散文协会名誉会长李木生先生。感谢他在百忙之中为我的"拙作"写序。

2019 年 5 月 12 日